DEAN KOONTZ

SCHLÜSSEL ZUM JENSEITS

Roman

Aus dem Amerikanischen
von Heinz Kausträter

PAVILLON VERLAG
MÜNCHEN

PAVILLON TASCHENBUCH
Nr. 02/0086

Titel der Originalausgabe
BLOOD RISK

Umwelthinweis:
Das Buch wurde auf
chlor- und säurefreiem Papier gedruckt.

Taschenbuchausgabe 7/2000

Der Pavillon Verlag ist ein Unternehmen der
Heyne Verlagsgruppe, München
http://www.heyne.de
Printed in Germany 2000
Umschlagillustration: Oliviero Berni/Agentur Schlück
Umschlaggestaltung: Nele Schütz Design, München
Satz: Pinkuin Satz und Datentechnik, Berlin
Druck und Bindung: Elsnerdruck, Berlin

ISBN 3-453-16898-4

DIE HAUPTPERSONEN

MIKE TUCKER hat einen ungewöhnlichen Weg gefunden, eine temporäre Finanzmisere zu überbrücken.

MERLE BACHMAN kommt bei einer Aktion abhanden, was eine zweite Aktion nötig macht.

PETE HARRIS ist ein Sicherheitsrisiko.

JIMMY SHIRILLO hat vielversprechende Anlagen.

M. MELLIO verleiht nur Geld gegen Sicherheiten.

ROSS BAGLIO trifft ausnahmsweise eine falsche Entscheidung.

CLITUS FELTON verkauft eine Art von Dienstleistung.

LORAINE wechselt das Lager.

ELISE RAMSAY ist da, wenn sie gebraucht wird.

PAUL NORTON ist auf Abruf startbereit.

1

Sie waren zu dem Entschluß gekommen, dass sie nur vier Mann benötigten, um den schweren Wagen auf der schmalen Bergstraße zu stoppen, die Insassen in Schach zu halten und die Koffer mit dem Geld hinter den Vordersitzen hervorzuholen. Zuerst hatte Merle Bachman, der das Geld im Kofferraum des blauen Chevrolet allein abtransportieren sollte, auf einem fünften Mann bestanden. Nummer fünf sollte am unteren Ende des Privatwegs postiert werden – gewissermaßen als Abfangstation für den Fall, dass irgendjemand zur Zeit des Überfalls von der Hauptstraße in den Privatweg abbiegen sollte. Die anderen stimmten gegen Bachman, weil der Privatweg zum Baglio-Grundstück nur sehr schwach befahren wurde, besonders am Tage des Geldtransports, der alle zwei Wochen stattfand. Außerdem hatte niemand Lust, sich seinen Anteil durch Beteiligung eines fünften Mannes unnötig schmälern zu lassen. Der wirtschaftliche Nutzen der Sparmaßnahmen leuchtete Bachman ein, und da die anderen seinen Einwand für nicht so wichtig hielten, hatte er sich damit einverstanden erklärt, die Sache als Viererunternehmen zu starten. Nun saßen die dunkel gekleideten Männer auf ihren vorher festgelegten Posten und warteten, während der Zeitpunkt des Überfalls näher rückte.

Oben auf dem Berg, hinter einem Kalksteinausbiss, war die Asphaltstraße zu sehen, auf der sich der Überfall abspielen sollte. Sie lief etwa hundert Yards geradeaus, vorbei an einer Ausweichbucht, wo sich entgegenkommende Autos passieren konnten, zog sich weitere vierhundert Yards bergabwärts, ehe sie um einen zweiten Kalksteinausbiss verschwand und etwas weiter dann in die Hauptstraße einmündete. Die beiden scharfen Biegungen, die jede weitere Sicht versperrten, und die stille Morgenluft vermittelten das Gefühl, als habe eine unerklärliche Katastrophe die übrige Welt ausgelöscht.

Ein Blick nach oben zeigte, dass die linke Straßenseite von einer etwas übermannshohen nackten Felswand gesäumt wurde; oberhalb der Wand war ein dichter Nadelwald und Strauchwerk von der Farbe frischer Dollarnoten. Obwohl sich das hohe Gras am Waldrand sanft in der Morgenbrise wiegte, geschah das völlig geräuschlos – die Halme senkten und hoben sich in einem anmutigen stummen Ballett. Jimmy Shirillo lag in der oberen Ecke über der ersten Straßenbiegung im tiefschwarzen Schatten der dicken Bäume und beobachtete die Baglio-Villa durch einen Feldstecher. Die langen taufeuchten Grashalme streiften sein Gesicht und hinterließen glitzernde Tautropfen auf seiner reinen, jugendlichen Haut. Seine profihafte Ruhe, die Sparsamkeit seiner Bewegungen und die Intensität, mit der er seine Beobachtungsaufgabe wahrnahm, straften sein jugendliches Aussehen Lügen und vermittelten den Eindruck von langer Erfahrung.

Das Einzige, was einem zufälligen Beobachter oben in der Villa hätte auffallen können, waren die Linsen des Feldstechers, aber sie waren entspiegelt, um jedes verräterische Blinken zu verhindern. Michael Tucker hatte auch daran gedacht, wie er eben an alles dachte.

Hundert Yards unter Shirillo, auf der linken Seite, saß Pete Harris im Buschwerk oberhalb der Felswand und hielt eine alte Thompson-Maschinenpistole – ein Erinnerungsstück aus dem Zweiten Weltkrieg – im Arm. Harris hatte sie zerlegt, geölt, in Tücher gepackt und in fünf verschiedenen Päckchen von Paris an seine Heimatadresse in den Staaten geschickt. Damals, am Ende des Krieges, war so etwas noch leicht möglich gewesen. Er hatte gar nicht daran gedacht, die Waffe einmal zu illegalen Zwecken – oder überhaupt zu irgendwelchen Zwecken – zu benutzen; für ihn war der Krieg damals ein für allemal vorbei gewesen. Im Zivilleben jedoch stand ihm seine Unfähigkeit im Wege, von neun Uhr morgens bis fünf Uhr abends einer geregelten Arbeit nachzugehen, und aus Verzweiflung hatte er einen Privatkrieg gegen das System, gegen die Langeweile, die Ehrbarkeit und fortdauernde Armut vom Zaun gebrochen. Seine Unfähigkeit, sich dem herrschenden System anzupassen, entsprang nicht etwa einer überdurchschnittlichen Sensibilität oder Intelligenz; Harris verfügte nur über durchschnittliche Geistes- und Auffassungsgaben. Aber er war auch eigensinnig, er hatte seine persönlichen Vorstellungen vom Leben und einen teuren Geschmack. Und das ließ ihn am Ende zwangsläufig zum Verbrecher werden, weil er es auf allen anderen Gebieten höchstens zum kleinen Büroangestellten gebracht hätte. Er war der älteste der vier Männer hier. Mit achtundvierzig hatte er Bachman zehn Jahre, Mike Tucker zwanzig und Jimmy Shirillo fünfundzwanzig Jahre voraus, obwohl er sein Alter und seine Erfahrung nicht dazu nutzte, um die Macht innerhalb der Gruppe an sich zu reißen, wie es andere vielleicht getan hätten. Ihm ging es einzig und allein um den Erfolg des Unternehmens und um seinen Anteil, und im Übrigen wusste er, dass Tucker ein verdammt guter Mann war.

Der Gedanke an das Geld machte ihn unruhig; er streckte seine langen Beine aus, um den Krampf aus seinen muskulösen Oberschenkeln zu entfernen. Zu Beginn der Wache hatte er sich damit beschäftigt, Stacheln und Dornen aus seinen Kleidern zu ziehen; sie konnten den dicken Schwielen an seinen Fingern nichts anhaben. Jetzt war er zu nervös, um sich mit solchen unwichtigen Details abzugeben. Er sehnte sich nach Aktion.

Auf der rechten Seite der Straße, Harris genau gegenüber, fiel die geschotterte Böschung schroff ab in eine mit Steinen und Felsbrocken übersäte Schlucht, die hundert Yards tiefer endete. Die einzige sichere Stelle auf dieser Seite war die fünfzig Schritt lange Ausweichbucht, wo der Dodge und der Chevrolet – beide gestohlen – mit leicht nach unten geneigter Nase parkten. Dort warteten Tucker und Bachman, der ältere am Steuer des Chevy, Tucker hinter dem Dodge und so von der Straße her nicht sichtbar.

Bachman, wie auch Tucker, trug eine Pistole Kaliber .32 in einem Wildleder-Schulterhalfter. Im Gegensatz zu Tucker jedoch fingerte Bachman ständig an der Waffe herum, wie ein Wilder an seinem Talisman. Mit feuchten Fingerspitzen zog er das schraffierte Muster des Kolbens nach und hob die Waffe immer wieder aus dem Halfter, um etwaige Hemmnisse zu entdecken – obwohl er es schon seit Jahren benutzte und genau wußte, dass es keine solchen gab.

Bachman war nur mit dieser Pistole bewaffnet, Tucker dagegen trug zusätzlich eine kurzläufige Flinte, beide Kammern geladen und sechs Reservepatronen in den Jackentaschen verteilt. Hätte Bachman die Flinte gehabt, er hätte dauernd seine Taschen abgeklopft, um sich zu vergewissern, dass die Patronen noch da waren. Tucker jedoch stand ruhig wartend da und bewegte sich so wenig wie nötig.

»Eigentlich müßten sie schon hier sein!«, rief Bachman durch das offene Fenster des Chevy. Er wischte sich mit seiner schlanken Hand über das schmale Gesicht, um seine Ungeduld im Zaum zu halten. Noch war er nervös und zerfahren, und er redete zu viel, aber wenn es soweit wäre, würde er funktionieren wie eine gut geölte Maschine; Tucker hatte es bei ihren drei gemeinsamen Unternehmen bisher jedes Mal feststellen können.

»Immer mit der Ruhe, Merle«, sagte Tucker. Er war bekannt für seine Gelassenheit, seine zur Schau getragene Gemütsruhe war auch unter stärkster Anspannung nicht zu erschüttern. Aber im Innern war er völlig verkrampft, sein Magen zuckte nervös hin und her wie ein Tier in der Falle, und sein ganzer Körper war in Schweiß gebadet – Zeichen der unterdrückten Angst.

Er war von Geburt und Erziehung nicht für diese Lebensart bestimmt, in Verbrecherkreisen hatte er sich nie heimisch gefühlt. Sein unbestrittener Erfolg in diesem Metier beruhte auf seiner fast fanatischen Entschlossenheit, alles zu erreichen, was er sich vorgenommen hatte, und in keiner Gruppe wurde ihm die Führung streitig gemacht, ganz einfach weil die anderen seine Zielstrebigkeit erkannten und bewunderten.

Oben am Hang ließ Jimmy Shirillo den Feldstecher sinken, rollte auf den Rücken und legte die Hände trichterförmig vor den Mund. »Sie kommen!«, rief er. Seine Stimme überschlug sich bei dem letzten Wort, aber jeder hatte verstanden, was er sagen wollte.

»Los!«, rief Tucker und schlug mit der flachen Hand auf die Motorhaube des gestohlenen Dodge.

Bachman startete den Motor des Chevrolet, ließ ihn ein paar Mal aufheulen und rollte vorwärts, sodass der Wagen die Fahrbahn diagonal versperrte. Ohne eine Sekunde zu verlieren, wie geölt, stellte er den Automatikhebel auf Parkstellung, zog die Handbremse an, öffnete die Tür, sprang hinaus und nahm Deckung am Ende des hinteren Kotflügels, wo er sich leicht mit einem Sprung in Sicherheit bringen konnte, wenn er sah, dass es zum Zusammenstoß kam. Einem nachträglichen Einfall folgend, nahm er die groteske Karnevalsmaske, die an einem Gummiband um seinen Hals hing, und zog sie sich über den Kopf.

Karneval im Juni! dachte er. Eine Gummimaske in dieser Jahreszeit, bei dieser Hitze und Luftfeuchtigkeit.

Oben am Hang war Jimmy an den Rand des Kalksteinausbruchs herangekrochen, bereit, hinter dem Cadillac auf die Straße zu springen, sobald der schwere Wagen vorbei wäre. Er fuhr sich mit der Hand über sein Elfengesicht, fühlte den Tau und dachte – ohne jeden Grund –, es sei Blut. Angst. Nackte Angst, nichts weiter. Wütend auf sich selbst setzte er die Maske auf.

Unten an der Parkbucht, hinter dem Dodge, verwandelte sich Tucker mit einer schnellen Handbewegung in eine runzlige alte Hexe, zog eine Grimasse bei dem Geruch von Latex, den er nun mit jedem Atemzug einsog, und schaute über die Straße zu den Büschen oberhalb der Felswand. Wo war Harris? Da. Keine schlechte Deckung für einen Stadtjungen, kaum zu erkennen zwischen dem Grünzeug. Die Thompson im Arm, das Gesicht eine groteske Fantasiemaske, wirkte er noch mal so groß und gefährlich wie sonst.

Tucker hob die Flinte und legte den Lauf auf den Kotflügel des Dodge. Er zwang sich, locker und entspannt zu bleiben. Sein Magen kribbelte, Galle stieg ihm in die Kehle. Hinter der Maske konnte er sich ein krampfhaftes Zucken gestatten. Die anderen würden es nicht sehen.

Das Motorgeräusch des Cadillac war jetzt zu hören. Tucker fragte sich, ob er wohl zu schnell fuhr, um rechtzeitig stoppen zu können, und er spielte in Gedanken alle Züge durch, die ihm zu Gebote standen, falls der Cadillac die Straßensperre rammte. Obwohl der Schock des Aufpralls die Reaktionszeit bei Baglios Leuten verzögern und ihre Überwältigung erleichtern würde, bestand die Gefahr, dass sich die Türen verklemmten. Und Brandgefahr. Baglios Leute sollten ruhig verbrennen – aber was wäre mit dem Geld? Das anschwellende Dröhnen des Motors klang für einen Moment wie Flammen, die ganze Bündel frischer Dollarnoten verzehrten.

Der Cadillac kam in Sicht.

Der Fahrer reagierte schnell. Er trat auf die Bremse, ließ den Wagen seitlich ausbrechen und nahm dann den Fuß vom Bremspedal, um die gefährliche Fahrt auf den Rand des Abgrunds korrigieren zu können. Er brachte die schwere Maschine zwei Schritte vor der rechten Tür des Chevy mit einem Ruck zum Stehen.

Wie geplant jagte Pete Harris eine Maschinengewehrsalve hoch über die Köpfe hinweg, ehe die anderen auf die Limousine zustürzen konnten. Das Echo der Schüsse wurde von den Hängen zurückgeworfen wie eine Serie schwerer Hammerschläge auf einen Amboss. Das Getöse würde weithin hörbar sein und vermutlich Verstärkung aus der Villa herbeirufen. In fünf Minuten würde es hier von Baglios Leuten nur so wimmeln. Aber es war die schnellste und einfachste Möglichkeit, denen im Wagen klarzumachen, wie ernst es für sie aussah und dass sie hoffnungslos unterlegen waren.

Als das Echo erstarb, war Tucker am Fahrerfenster, den Lauf der Flinte auf den Hals des Chefs gerichtet. Ein Schuss aus einem der Läufe würde das Fenster zerschmettern – und den Schädel des Fahrers dazu –, ehe er sich auf den Boden des Wagens werfen könnte. Der alte Gauner wußte das; er blieb sitzen, wo er saß, und rührte sich nicht.

Der zweite Mann auf dem vorderen Sitz war Vito Chaka, Baglios ›Buchhalter‹ und enger Vertrauter; vierzig Jahre alt, schlank, fast feminin, graumelierte Schläfen. Er trug einen dünnen Schnurrbart, der wie ein gemalter Strich ein Drittel seiner Oberlippe bedeckte. In den Dreißigerjahren hätte er die Frauen wild gemacht, dachte Tucker. Und vielleicht tat er es sogar heute noch – bei seiner Position und seinem Bankkonto. Chaka musterte ihn mit einem Blick, dann nickte er und legte beide Hände, die Handflächen nach oben, langsam auf das gepolsterte Armaturenbrett – ohne Trick, ein Profi weiß, wann er aufzugeben hat.

»Aussteigen!«, sagte Tucker. Seine Stimme klang belegt und drohend durch den Schlitz der Gummimaske.

Der Fahrer und Chaka gehorchten sofort. Als die beiden Muskelprotze auf dem Rücksitz zögerten, klopfte Jimmy Shirillo mit dem Pistolenlauf ans Rückfenster. Er war geräuschlos auf den Kofferraum des Cadillac geklettert, und seine Koboldmaske schien zu grinsen, als die beiden überrascht zusammenfuhren.

Shirillo fühlte sich wohl, besser, als er vorausgesehen hatte, weniger ängstlich als vorher. Er schwitzte, und die Maske kitzelte ihn im Nacken, aber das war unwichtig.

Dreißig Sekunden später standen Baglios Leute, sauber aufgereiht, auf der Fahrerseite des Cadillac, die Hände flach auf dem Dach oder der Haube, die Beine gespreizt, vornübergebeugt, den Kopf eingezogen, alles im klassischen Stil, wie aus dem Lehrbuch. Nur Chaka hatte seine Selbstsicherheit nicht abgelegt, vornehm und elegant noch in der unwürdigsten Pose.

Bachman riss die hintere Tür auf der anderen Seite auf. »Drei Koffer«, sagte er. Keine Spur mehr von seiner vorherigen Besorgnis in der Stimme.

Jimmy Shirillo lachte triumphierend.

»Kein verfrühter Jubel!«, sagte Tucker. »Pack mit an!«

Bachman hob den schwersten Koffer heraus und trug ihn, vom Gewicht niedergebeugt, zum Chevy. Niemals hätte er einen der kleineren Koffer genommen; aus dem gleichen Grund trug er übrigens Hosen mit hochreichendem Bund: sollte ihn nur keiner für klein halten, wenn er auch klein war.

Jimmy ging um den Wagen herum und nahm die beiden letzten Koffer. Er trug sie ohne Mühe zu dem gestohlenen Chevrolet, stellte sie in den offenen Kofferraum und schlug den Deckel zu, während Bachman schon nach vorn lief.

»Immer Ruhe bewahren!«, sagte Tucker zu den auf

den Cadillac gestützten Männern, obwohl sich keiner von ihnen bewegt hatte.

Keiner gab Antwort.

Bachman startete den Chevy, ließ den Motor einmal aufheulen, legte den Rückwärtsgang ein und fuhr rückwärts bergab.

»Vorsichtig!«, rief Tucker.

Aber es war überflüssig, einem so guten Fahrer wie Merle Bachman zur Vorsicht zu raten. Er schätzte jede Situation richtig ein und operierte stets mit der höchstmöglichen Geschwindigkeit.

Harris kam von der Felswand herunter. Die Maske verstärkte das Geräusch seines schweren Atmens. Während Bachman den Chevy zurücksetzte, kam Harris zu Tucker herum und sagte: »Saubere Arbeit!«

»Kein verfrühter Jubel!«, sagte Tucker wieder.

Bachman hatte den Wagen gewendet, trat leicht aufs Gaspedal und fuhr bergab auf die zweite Kurve zu. Die Hitze stand schimmernd über dem Dach und der Haube des Chevy.

»Hol den Dodge!«, sagte Tucker zu Shirillo.

Der Junge ging.

Pete Harris war der Einzige, der den Chevy im Auge behielt und an all das viele Geld im Kofferraum und an den wohlverdienten Ruhestand dachte, er war der Erste, der sah, dass es schief gehen würde. »Scheiße!«, sagte er.

Er hatte das Wort noch nicht ausgesprochen, als Tucker das schrille Kreischen der Bremsen hörte und herumwirbelte, um zu sehen, was schief gegangen war.

Alles war schief gegangen.

Bachman hatte gerade etwas mehr als die Hälfte der Strecke zur unteren Kurve zurückgelegt, als ein Cadillac um den Kalksteinfels bog und bergauf entgegenkam. Es war das genaue Gegenstück zu dem, den sie eben gestoppt hatten, und er fuhr zu schnell, viel zu schnell für die Straßenverhältnisse. Der Fahrer riss das Steuer hart nach links und versuchte, aufs Bankett auszuweichen. Es war hoffnungslos, weil die felsige Böschung fast bis an den Fahrbahnrand heranreichte. Ein Reifen platzte mit der Wucht eines Kanonenschusses. Der Wagen ruckte und bockte wie ein wütendes Tier. Mit metallischem Scheppern wurde ein Kotflügel auf die Hälfte des Raumes zusammengedrückt, den er vorher eingenommen hatte.

Mit angezogenen Bremsen schaukelte der Chevrolet wie irr hin und her, während Bachman den Wagen unter Kontrolle zu bekommen suchte, und scherte plötzlich nach außen hin aus.

»Der Caddy ist viel zu groß. Er kommt nie drum herum!«, sagte Harris.

Aber Bachman versuchte es wenigstens. Noch war seine Aufgabe nicht beendet, noch behielt er die Ruhe und arbeitete schnell und berechnend. Er hatte nur noch eine Chance, die Sache erfolgreich zum Abschluß zu bringen, und so winzig diese Chance auch war, er musste sie wahrnehmen. Der Cadillac war inzwischen völlig zum Stehen gekommen, eine Seite ziemlich übel zerbeult, und der Chevy bohrte sich in seine hintere Tür wie ein Schwein, das mit der Nase im Boden wühlt. Der Wagen bäumte sich auf, und seine Vorderachse verfing sich an der Oberkante der eingedrückten Tür; gleichzeitig rutschte er nach links zu dem hundert Yards tiefen Abgrund hinüber. Die Hinterräder glitten über den Rand hinaus und drehten leer durch. Einen Augenblick lang glaubte Tucker, der Chevy würde sich losreißen und abstürzen, aber dann sah er, dass er sich im letzten Moment fing. Halb auf den größeren Cadillac hinaufgeschoben, blieb er stehen, wo er stand. Bachman hatte es gewagt – und verloren.

Die Beifahrerseite des Cadillac war vollkommen unbeschädigt geblieben. Nun ging die vordere Tür auf, und ein großer, dunkelhaariger Mann stieg aus. Er schüttelte, völlig benommen, den Kopf, drehte sich um und starrte ungläubig auf das hochaufragende Vorderteil des demolierten Chevy. Dann beugte er sich vornüber, beide Hände auf die Knie gestützt, und übergab sich. Dann schien ihm etwas einzufallen, was wichtiger war als diese natürliche Regung. Er richtete sich auf, schaute in den Wagen hinein und half einer jungen Frau beim Aussteigen. Sie schien ebenso unverletzt wie er, zeigte jedoch im Gegensatz zu ihm keine physische Reaktion auf den Vorfall. Sie trug eine weiße Bluse zum sehr kurzen gelben Rock – eine attraktive, großgewachsene Blondine. Ihre lange Mähne flatterte wie ein Banner im Wind, während ihr Blick die Straße hinauf, zu Tucker und den anderen, wanderte.

»Hier!«, rief Jimmy Shirillo. Er hatte den Dodge gewendet und stand nun mit der Nase nach oben zum Berg.

»Los, steig ein!«, sagte Tucker zu Harris.

Harris, die Thompson zärtlich in beiden Händen haltend, stieg ein.

»Ich möchte nicht gezwungen werden, irgendeinen von euch in den Rücken zu schießen«, sagte Tucker, während er sich langsam rückwärts auf die offene Hintertür des Dodge zu bewegte.

Baglios Männer schwiegen.

Er ließ sich auf den Sitz fallen, ohne sie aus den Augen zu lassen, hob die Flinte und feuerte einen Schuss in den Himmel, und während Jimmy mit kreischenden Reifen losfuhr, schlug er die Tür hinter sich zu und zog Kopf und Schultern bis unter den Fensterrahmen, bis der Wagen um die obere Kurve bog.

»Und Bachman lassen wir einfach da?«, fragte Harris.

Tucker schälte die Maske von seinem Gesicht und schob sich die schweißnassen Haarsträhnen aus der Stirn. Sein Magen quälte ihn mehr denn je. Er sagte: »Wir sind zu schwach, um Bachman herauszuholen und gleichzeitig Baglios ganze Armee in Schach zu halten.« Er rülpste und schmeckte den Orangensaft, der heute sein ganzes Frühstück gewesen war.

»Aber …«, begann Harris.

Tucker unterbrach ihn. »Bachman hatte Recht – wir hätten doch einen fünften Mann gebraucht.« Sein Ton war gereizt und bitter.

2

»Wir sind geliefert«, sagte Shirillo.

Die Privatstraße schmiegte sich nun nicht mehr an den Rand der Schlucht, sondern bog auf die breiten Innenhänge des Berges ab, und zu beiden Seiten öffnete sich weites Land. Von Fichten gesäumt, führte sie, wie mit dem Lineal gezogen, auf die kreisförmige Anfahrt vor Rossario Baglios Villa zu, ein grellweißes, mit zahllosen Fenstern versehenes Unding von einem Haus, nur noch eine Meile vor ihnen.

Eben kam ein schwarzer Mustang aus der Einfahrt, direkt auf sie zu.

»Keineswegs.« Tucker zeigte nach vorn links. »Ist das da eine Abzweigung?«

»Sieht so aus. Tatsächlich.«

»Dann bieg ab!«

Shirillo riss das Steuer hart nach links und bremste, als sie in den Waldweg einbogen. Fast wäre der Wagen gegen ein paar kräftige kleine Fichten geschleudert. Die Räder holperten über eine Reihe tiefer Radspuren, aber Jimmy war nicht aus der Ruhe zu bringen. Er gab Gas und grinste in den Rückspiegel.

»Ist ja nicht mein Wagen«, sagte er.

Tucker mußte nun doch lachen. »Behalte du die Straße im Auge!«

Jimmy sah nach vorn, nahm einen großen Stein mitten auf dem Weg zwischen die Räder und erhöhte das Tempo.

Der Wind heulte an einem offenen Ausstellfenster, und Insekten klatschten gegen die Scheibe wie Geschosse aus weicher Knetmasse.

»Sie sind dicht hinter uns«, sagte Harris. »Eben eingebogen.«

Tucker und Harris starrten gespannt durchs Rückfenster, der Mustang konnte jeden Moment hinter ihnen auftauchen. Sie fuhren erschrocken herum, als Shirillo plötzlich scharf bremste. »Was, zum Teufel ...!«, entfuhr es Tucker.

»Da liegt ein Baumstamm im Weg«, sagte Shirillo. »Entweder wir räumen ihn weg, oder wir gehen zu Fuß weiter.«

»Alles raus!«, befahl Tucker und stieß seine Tür auf. »Wir heben ihn weg! Pete, bring die Thompson mit!«

Der Stamm, dessen Krone jemand mit einer scharfen Axt abgeschlagen hatte, sah aus, als sei er hier abgelegt worden, um die Weiterfahrt zu versperren, obwohl er ebenso gut von einem Holztransporter heruntergefallen sein konnte, als die Wälder hier noch das Material für Papierfabriken oder Sägewerke lieferten. Tucker und die beiden anderen nahmen an einem Ende des Stammes Aufstellung, so, dass er zwischen ihren Beinen lag. Sie hoben gleichzeitig an und wichen schnell zur Seite, und so schafften sie es, dass der Stamm ein Stück von der Stelle rückte.

»Reicht nicht«, sagte Shirillo.

»Wo ist der Mustang?«, fragte Harris.

»Er kommt auf diesem schlechten Weg nicht so gut voran wie unser schwerer Wagen«, sagte Tucker. Dann mit einem tiefen Atemzug: »Noch mal!«

Diesmal schafften sie die Sperre so weit aus dem Weg, dass sich der Dodge fast vorbeizwängen konnte, aber als sie ihre schmerzenden Rücken aufrichteten, um Atem zu schöpfen, sagte Harris: »Ich höre den anderen Wagen.«

Tucker lauschte, hörte ihn ebenfalls, wischte seine brennenden Handflächen an der Hose ab. »Nimm die Thompson, Pete, und bereite den Herren einen würdigen Empfang.«

Harris hob lächelnd die MP auf und legte sich hinter dem Dodge mitten auf den Weg. Er war groß, über eins achtzig, und mehr als zweihundertvierzig Pfund schwer; als er sich auf dem Boden niederließ, wirbelte er eine Staubwolke auf.

Tucker bückte sich, schob die Hände unter die überraschend glatte Oberfläche des Fichtenstammes und fand einen einigermaßen festen Halt. Sein Hemd war unter den Achselhöhlen nass vom Schweiß. »Fertig?«, fragte er.

»Fertig«, sagte Shirillo.

Sie hoben und keuchten, während sich ihre Bauchmuskeln schmerzhaft spannten. Tucker fühlte einen stechenden Schmerz im Rücken, und der Schweiß brach ihm am ganzen Körper aus. Aber er ließ nicht locker, hob den Stamm wenige Fingerbreit vom Boden und riss ihn ein winziges Stück zur Seite, ehe sie ihn wieder fallen lassen mußten. Diesmal setzte sich Shirillo außer Atem auf den Stamm und hechelte wie ein Hund nach einem schnellen Lauf in sengender Junihitze.

»Keine Müdigkeit«, sagte Tucker sofort.

Er war ebenso mitgenommen wie der Junge, vielleicht noch mehr – immerhin war er fünf Jahre älter als Shirillo, fünf Jahre weicher; und er hatte achtundzwanzig Jahre eines leichten, sorglosen Lebens hinter sich, gegenüber Shirillos dreiundzwanzig Jahren einer rauen Kindheit und Jugend im Getto. Aber er wußte, dass er den anderen vorangehen mußte, dass er etwas von seiner fanatischen Entschlossenheit auf die anderen übertragen mußte. Tucker fürchtete den Misserfolg mehr als den Tod.

»Komm schon, Jimmy, Menschenskind!«

Shirillo erhob sich mit einem tiefen Seufzer und schwang erneut ein Bein über den Stamm. Als er sich bückte, um zuzufassen, tönte das irre Rattern von Harris' Maschinenpistole durch den Wald. Shirillo hob den Kopf, konnte jedoch nichts sehen, weil der Dodge ihm die Sicht versperrte und der Weg zu steil nach hinten abfiel. Er bückte sich wieder und packte den Stamm, legte alle Kraft in diese letzte verzweifelte Anstrengung. Gemeinsam schoben sie den Stamm diesmal weiter aus dem Weg als beim letzten Mal. Mit dumpfem Geräusch landete der Baum im Staub des trockenen Weges.

»Weit genug?«, fragte Shirillo.

»Ja«, sagte Tucker. »Tempo jetzt!«

Sie liefen zu ihrem Auto zurück. Shirillo sprang hinter das Lenkrad und ließ den Motor an. Das genügte als Zeichen für Harris, der seine Maschinenpistole seit fast sechzig Sekunden nicht mehr benutzt hatte. Er sprang auf und stieg hinten in den Dodge ein. Tucker saß vorn bei Shirillo und fummelte an seinem Sicherheitsgurt herum. Das Schloss klickte zu, als Jimmy anfuhr. Tucker drehte sich zu Harris um und fragte: »Hast du einen Reifen erwischt?«

»Nein«, mußte Harris zerknirscht zugeben; er hatte großen Respekt vor Tucker und legte Wert darauf, dass der junge Mann seinen Respekt erwiderte. Wenn diese Sache geklappt hätte, wäre es seine Letzte gewesen; nun, da sie sie verpfuscht hatten, würde er wohl weitermachen müssen, und da war es ihm immer noch lieber, mit Tucker zu arbeiten als mit irgendjemand sonst, auch nach diesem Fiasko. »Die Halunken haben zu schnell geschaltet und sind im Rückwärtsgang ausgerissen, ehe ich einen der Reifen erwischen konnte.« Er fluchte leise und wischte über seinen schmutzigen Nacken.

»Kommen sie?«, fragte Shirillo.

»Wie die Feuerwehr«, sagte Harris.

»Festhalten!«, lachte Shirillo und trat das Gaspedal durch. Sie wurden für einen Moment gegen die Rückenlehne gedrückt, während der Wagen eine lange schattige Gerade hinaufraste.

»Warum lassen sie uns nicht in Ruhe?«, fragte Harris, den Blick nach vorn, die Thompson im Schoß. Die harten kantigen Züge seines Gesichts passten zu seinem Körper. Die Stirn massiv, die schwarzen Augen tief versunken und voll kalter Intelligenz. Die Nase, mehr als einmal gebrochen, war knollig, ohne dümmlich zu wirken, der Mund eine lippenlose Linie, eine Falte am oberen Rand des starken, eckigen Kinns. All diese herben Züge liefen in einem Blick voll bitterer Enttäuschung zusammen. »Wir haben ihnen das Geld ja gar nicht abgenommen.«

»Aber versucht haben wir's«, sagte Tucker.

»Und Bachman dabei verloren. Reicht das nicht?«

»Denen nicht.«

»Die Eiserne Hand«, sagte Shirillo. Er nahm eine Kurve zu weit außen; Fichtenzweige kratzten über das Dach wie polierte Fingernägel, und die Federung sang wie ein indisponierter Alt.

»Eiserne Hand?«, fragte Harris.

»Mein Vater hat sie früher so genannt«, antwortete Shirillo, ohne den Blick von der Straße zu wenden.

»Reichlich melodramatisch, findest du nicht?«, sagte Tucker.

Shirillo zuckte die Achseln. »Die Mafia als Organisation ist alles andere als ruhig und nüchtern; sie ist so melodramatisch wie ein Rührschinken aus dem Familienprogramm. Szenen wie aus billigen Filmen kommen in der Mafia am laufenden Band vor: Da werden Rivalen umgelegt, Ladenbesitzer, die sich ihren Schutz nichts kosten lassen wollen, zusammengeschlagen,

Brandbomben gelegt, harmlose und weniger harmlose Zeitgenossen erpresst und Schulkinder mit Rauschgift versorgt. Nur nimmt der melodramatische Zug der Sache nichts von ihrer Realität.«

»Hast Recht«, sagte Harris mit einem besorgten Blick durchs Rückfenster. »Aber meinst du nicht, dass wir noch ein bißchen Tempo zulegen können?«

Die Straße bog nun allmählich nach Osten ab und wurde schmaler; riesige Fichten und gelegentlich eine Ulme oder Birke drängten von beiden Seiten zusammen. Plötzlich neigte sich der Weg nach unten, der Grund wurde feucht, und ein dünner Schlammfilm bedeckte den Boden.

»Hier muss irgendwo ein unterirdischer Bach sein«, sagte Tucker.

Am Fuße des Hügels führte der Weg über ein hundert Meter langes ebenes Stück, ehe er über den nächsten Abhang abfiel. In einem Hohlweg mit vielschichtigem Schiefergestein zu beiden Seiten begann der Dodge plötzlich zu stottern wie einst Demosthenes mit dem Mund voll Kieselsteinen und würgte schließlich ganz ab.

»Was ist los?«, fragte Harris.

Shirillo war keineswegs überrascht, denn er hatte auf diesen Augenblick schon seit längerer Zeit gewartet. Was ihn jedoch überraschte, war seine eigene Gelassenheit. »Der Benzintank hat eins abbekommen, als wir von der Asphaltstraße in den Waldweg einbogen«, sagte er. »Ich beobachte schon seit einer halben Stunde, wie der Zeiger langsam sinkt. Muss wohl ein ganz kleines Leck sein. Aber warum sollte ich euch nervös machen, jetzt ist es dazu auch noch früh genug.«

Sie stiegen aus und standen in der engen kleinen Schlucht, aus der sich der Frühnebel noch immer nicht ganz verzogen hatte.

Harris warf sich die Maschinenpistole über die Schulter. »Jedenfalls ist der Weg so schmal, dass sie auch nicht an dem Dodge vorbeikommen. Wenn wir zu Fuß gehen müssen, müssen sie es auch.«

»Wir werden nicht zu Fuß gehen, solange sie mit einem brauchbaren Wagen direkt hinter uns sind«, sagte Tucker mit einem Ton, der keinen Widerspruch duldete. »Wir nehmen ihnen den Mustang ab.«

»Wie denn?«, wollte Shirillo wissen.

»Das wirst du gleich sehen.« Tucker lief zur Fahrertür hinüber, warf die Flinte auf den Sitz und die Gummimasken nach draußen. Dann löste er die Handbremse und stellte die Automatik auf Leerlauf. »Ihr beide schiebt hinten!«, rief er.

Sie stemmten sich zu beiden Seiten der hinteren Stoßstange gegen den Wagen, und Tucker schob mit der Schulter am Türrahmen, eine Hand am Lenkrad, um den Wagen zwischen den Schieferfelsen durchzusteuern. Als der Weg sich abwärts neigte, nahm Tucker die Flinte vom Sitz und sprang aus dem Weg. »Lasst ihn sausen!«

Shirillo und Harris richteten sich auf und sahen dem schwarzen Wagen nach, wie er holpernd über die ersten paar Meter des abfallenden Weges rollte und dann schneller wurde und nach links ausbrach. Funken stoben, als das Blech gegen die Schieferfelsen prallte. Der Wagen wurde nach rechts hinübergeschleudert, prallte gegen die andere Seite, verfing sich in einer von oben aus nicht sichtbaren Radspur und begann sich zu drehen und gleichzeitig zu kippen, bis er mit lautem Krach auf die Seite rollte und so noch fünfzig, sechzig Yards weiter rutschte und dann, die Räder nach oben, zur Ruhe kam.

»Die Umweltschützer würden ihre helle Freude an uns haben«, sagte Shirillo. »Drei von diesen Luftverpestern haben wir in weniger als einer Stunde zur Strecke gebracht.«

»Willst du, dass sie denken, wir seien mit dem Wagen verunglückt?«, fragte Harris. Und als Tucker nickte: »Und was ist mit unseren Fußspuren hier im Dreck?«

»Die werden sie hoffentlich nicht sehen.«

Fünfhundert Schritte hinter ihnen wurde das stetige Motorengeräusch des Mustang hörbar. Tucker hob die Masken vom Boden auf, verteilte sie und setzte seine eigene auf. »Los! Tempo jetzt!«, befahl er. »Bleibt am Wegrand, dicht an der Felswand, damit die abwärtslaufenden Fußspuren nicht sichtbar werden!« Er lief voran, die anderen dicht hinter ihm, die am Boden liegenden nassen und glatten Schieferstücke gaben unter ihren Füßen nach. Zweimal war Tucker nahe daran zu stürzen, aber er hielt die Balance, indem er schneller lief. Sie erreichten den umgestürzten Dodge nur Sekunden, bevor der Mustang oben am Berg auftauchte, und gingen in Deckung.

»Was nun?«, fragte Harris. Er hatte die Maschinenpistole von der Schulter genommen.

Tucker drehte sich um und sah, dass weiter unten die Schieferwand zu beiden Seiten des Weges niedriger wurde. »Zieht den Kopf ein und folgt mir!«, sagte er und lief geduckt voraus.

Als sie an der Stelle waren, wo sie die Felsböschung, die den Weg flankierte, erklettern konnten, schaute Tucker prüfend zurück, ob sie von oben her zu sehen sein würden. Hinter dem umgestürzten Dodge war von dem Weg nichts mehr zu sehen, also war anzunehmen, dass sie auch von oben her nicht gesehen werden konnten. Er schickte Pete Harris auf die linke Seite und kletterte mit Shirillo die rechte Böschung hinauf, nicht ohne sich bei einem Sturz das Knie aufzuschlagen, aber er beachtete den stechenden Schmerz gar nicht. Schließlich waren sie zwischen den Bäumen oberhalb des Hohlwegs, und Tucker winkte zu Harris hinüber, der mit seiner MP zurückwinkte. Vorsichtig schlichen sie zu der Stelle zurück, wo der Dodge liegen geblieben war, tasteten sich bis an den Rand der Schieferwand und sahen hinunter.

Der Mustang parkte mit offenen Türen zehn Schritte oberhalb des Wracks. Die beiden Insassen näherten sich mit gezogenen Pistolen vorsichtig dem Dodge.

»Keine Bewegung!«, rief Tucker ihnen zu.

Die beiden Männer blieben überrascht stehen und gehorchten.

»Nehmt die Magazine aus euren Pistolen heraus, aber immer hübsch brav nach unten halten! Wir haben euch von beiden Seiten im Visier.«

Die beiden gehorchten widerstrebend, aber mit der Resignation von Profis, die wissen, dass ihnen nichts anderes übrig bleibt. Beide waren breitschultrig und trugen leichte Sommeranzüge, die irgendwie nicht zu ihnen passten. Gorillas. Im übertragenen und fast auch im wörtlichen Sinne.

»So«, sagte Tucker. »Und jetzt schaut her zu mir!«

Die beiden hoben den Kopf, legten die Hand schützend über die Augen und blinzelten in den hellen Himmel. Sie sahen die Flinte.

»Und jetzt zur anderen Seite!«

Sie drehten sich gleichzeitig um und sahen die Thompson in Pete Harris' Händen. Tucker konnte ihre Gesichter nicht sehen, aber er wusste, dass sie gehörig beeindruckt waren, denn instinktiv zogen sie den Kopf zwischen die Schultern, als wollten sie davonlaufen.

»Und nun werft eure Pistolen herauf!«, befahl Tucker. Als er beide Waffen in seinen Gürtel gesteckt hatte, deutete er auf den dreckverschmierten Mustang und fragte: »Wer von euch hat ihn gefahren?«

»Ich«, sagte der größere der Gorillas. Er schob beide Hände tief in die Hosentaschen und sah schmollend zu Tucker hinauf, gespannt, was als nächstes kommen würde.

»Bist du ein guter Fahrer?«

»Leidlich.«

»Wer von euch fährt besser?«

Der Mann, der nicht gefahren war, zeigte auf den Mann, der gefahren war, und sagte: »Er. Er fährt für Mr. Baglio, wenn …«

»Klappe!«, fuhr ihn der andere an.

Der kleinere wurde blass und brach ab. Er sah zu Tucker hinauf, dann zu seinem Partner. Er rieb sich den Mund, als könne er so seine Worte ungesagt machen.

»Steig wieder ein«, sagte Tucker zum Fahrer, »und bring den Mustang dicht an den Dodge heran!«

»Warum?«

»Weil ich dich umlege, wenn du's nicht tust.« Tucker lächelte. »Reicht dir das?«

»Das reicht«, sagte der Mann und ging zu dem Mustang zurück.

»Und versuche erst gar nicht, im Rückwärtsgang zu entwischen«, mahnte Tucker den Fahrer. »Der Gentleman da oben würde den Wagen in Fetzen schießen, ehe du dich umgucken kannst.« Und zu dem zweiten Gorilla: »An die Wand rüber! Bleib aus dem Weg und verhalt dich still!«

»Es wird euch nichts nützen«, knurrte der Gorilla, obwohl er vom Gegenteil überzeugt schien. Das Gefühl der Niederlage zeichnete sich auf seinem breitnasigen Gesicht deutlich ab. Er gehörte zu denen, deren Selbstvertrauen mit der Entfernung zum Gegner sank. Solange er seine Fäuste benutzen konnte, gut; aber auf diese Distanz fühlte er sich hoffnungslos unterlegen.

»Also los, an die Arbeit!«, sagte Tucker.

Der Fahrer führte den Mustang so nah an den Dodge heran, dass die vordere Stoßstange ihn fast berührte. Er lehnte sich durchs geöffnete Fenster und fragte: »Und jetzt?«

»Jetzt rollst du weiter, bis du anstößt, klar?«

Der Mann stellte keine weiteren Fragen. Als das

dumpfe Geräusch des Aufpralls ertönte, lehnte er sich erneut durchs Fenster und wartete auf den nächsten Befehl.

Während sein Partner von den Vorgängen nichts begriff, schien der Fahrer zu ahnen, was Tucker wollte. Trotzdem wartete er auf Tuckers ausdrücklichen Befehl.

Tucker ging in die Hocke, wischte einen Mückenschwarm fort, der aus dem Gras zu seinen Füßen aufflog, und richtete die Flinte auf das Gesicht des Fahrers. »Jetzt gibst du langsam Gas und schiebst, bis etwas passiert. Der Dodge ist nicht fest eingeklemmt, er lässt sich bewegen. Sobald du Platz genug hast, um an ihm vorbei zu kommen, fahr vorbei!«

»Und wenn ich einfach weiterfahre?« Der Gorilla lachte wie über einen schlechten Witz; er hatte sehr schöne Zähne.

»Dann zerschießen wir dir die Reifen und gleichzeitig die Rückscheibe, höchstwahrscheinlich auch deinen Schädel und möglicherweise den Tank.« Tucker lächelte zurück; auch er hatte keine schlechten Zähne.

»Das hab' ich mir gedacht.« Der Fahrer setzte den Fuß behutsam aufs Gaspedal.

Eine ganze Weile passierte nichts. Der Motor heulte auf, eine Schraube löste sich aus der Stoßstange und schleuderte gegen den Kühler, der Fahrer knirschte mit den hübschen Zähnen. Er wußte, dass der umgestürzte Dodge in die falsche Richtung kippen und er gegen die Felswand rasen konnte.

Dann begann der Dodge zu knarren und nachzugeben. Ein Teil der Schieferwand löste sich und prasselte auf die beiden Fahrzeuge herab. Dann wälzte sich der Dodge langsam herum, das Dach wurde gegen die Schieferwand gedrückt. Der Fahrer schob den Mustang langsam durch die Öffnung, die Steine zerkratzten die ganze Länge des Sportwagens. Der Mann stoppte an der vorgesehenen Stelle und stieg aus.

»Geh zu deinem Freund zurück!«, sagte Tucker. Er war keineswegs überzeugt gewesen, dass der Dodge aus dem Weg geräumt werden könnte, aber er zeigte seine Überraschung nicht. Tucker zeigte sich nie überrascht. Es würde seinem Ruf geschadet haben.

Der Fahrer stellte sich neben seinen Partner und machte ein gelangweiltes Gesicht. Er wischte seine Schuhe an den Hosenbeinen ab und schwieg beflissen.

»Wohin führt dieser Weg?«, fragte Tucker. Er hielt die beiden mit der Flinte in Schach, während Harris zurückging zu der Stelle, an der er auf die Böschung geklettert war. Er stieg wieder auf den Weg hinunter und kam von hinten heran.

»Nirgendwohin«, sagte der Fahrer.

»Sackgasse?«

»Genau.«

Der kleinere geschwätzigere Gorilla warf seinem Kollegen einen fragenden Blick zu und nickte dann eifrig. Lächelnd wandte er sich an Tucker, der in seinem Gesicht lesen konnte wie in einem offenen Buch. »Hier kommt ihr nie wieder heraus. Früher oder später erwischt Mr. Baglio euch, denn dies ist eine Sackgasse, jawohl!«

Der Fahrer sah seinen Partner verächtlich an, spuckte aus und ließ sich seufzend gegen die Schieferwand sinken.

»Ist er Baglios Schwiegersohn oder so was?«, fragte Tucker.

»Nein«, sagte der Fahrer, »aber heutzutage muss man ja nehmen, was kommt.«

Der kleinere blinzelte dümmlich von einem zum andern. »Schwiegersohn?«, fragte er.

Als sie alle im Mustang saßen und Shirillo das Wrack und die beiden Revolverhelden hinter sich gelassen hatte, sagte Harris: »Natürlich ist es keine Sackgasse.«

»Du darfst eins vorrücken«, bescheinigte ihm Tucker.

Harris' Maske hing unter seinem Kinn wie ein zweites Gesicht und hüpfte beim Sprechen auf und nieder. »Eine Sackgasse wäre schlimm genug, aber dies ist ja viel schlimmer. Warum also weiterfahren?«

»Weil wir nicht zurück können«, sagte Tucker. »Baglio weiß natürlich, dass wir auf diesem Weg sind, und hat das andere Ende hermetisch abgeriegelt. Aber vielleicht findet sich noch etwas, ehe wir ihm in die Arme laufen.«

»Was denn zum Beispiel?«

»Weiß ich noch nicht, aber warten wir's ab!«

3

Anfang Mai, als die Bäume zu grünen begannen und der bevorstehende Sommer wenig Aussicht auf einträgliche Unternehmungen verhieß, hatte Tucker unter seiner Postadresse in Manhattan einen Brief erhalten – einen weißen Umschlag ohne Absenderangabe. Er hatte gleich gewusst, dass er von Clitus Felton stammte, denn er bekam solche Brief im Durchschnitt zehnmal pro Jahr. In der Hälfte der Fälle enthielten sie etwas Lohnendes. Clitus Felton verdiente seinen Unterhalt als Kontaktmann für Freischaffende und Unorganisierte an der Westküste, als Deckmantel diente ihm eine kleine Spezialbuchhandlung in Harrisburg, Pennsylvania. Früher, als er noch selbst tätig gewesen war, hatte er pro Jahr zwei oder drei einträgliche Züge geplant und ausgeführt. Nicht nur das Alter hatte ihm zugesetzt, sondern auch seine Frau, Dotty, die befürchtete, dass die sprichwörtliche Feltonsche Glückssträhne früher oder später durch die Kugel eines Polizisten oder eine längere Haftstrafe unterbrochen werden könnte. Aber ein Buchladen war bei weitem nicht genug, um Feltons Interesse am Leben wach zu halten. Schon nach den ersten sechs Monaten hinter dem Ladentisch begann er wieder Kontakt mit alten Freunden aufzunehmen, um seine Vermittlerdienste anzubieten. Namen, echte und falsche, und Adressen behielt er sämtlich im Kopf, und wenn jemand an ihn herantrat, der für einen perfekt ausbaldowerten Coup die richtigen Partner suchte, sprang Felton hilfreich ein, erwog die Möglichkeiten, schrieb ein paar Briefe und tat auch sonst alles, um sich nützlich zu erweisen. Gegen prozentuale Beteiligung. Normalerweise fünf Prozent, vorausgesetzt, dass das Ding wie erwartet gelang. Verbrechen aus zweiter Hand gewissermaßen. Dafür lebte er.

Dieser letzte Brief hatte Tucker interessiert. Ein paar Telefongespräche verschafften ihm die Information, die man der Post nicht anvertrauen konnte. Er flog von Kennedy International Airport nach Pittsburgh, um sich mit einem gewissen Jimmy Shirillo zu treffen.

Als Shirillo ihn am Flughafen begrüßte, hätte Tucker am liebsten auf dem Absatz kehrtgemacht. Shirillo sah viel zu jung aus, siebzehn höchstens, und auch als Tucker erfuhr, dass er tatsächlich sechs Jahre älter als siebzehn war, war ihm nicht wohler. Trotz des italienischen Nachnamens hatte er einen hellen Teint, blaue Augen und sandfarbenes Haar. Er war nur etwa eins sechzig groß und wog vielleicht hundertunddreißig Pfund. Eine gutplatzierte Kugel würde ihn nicht nur töten; sie würde ihn gleichzeitig, selbst bei nur leichtestem Rückenwind, glatt aus dem Anzug pusten.

Tucker war selbst gar nicht so groß: eins dreiundsiebzig bei etwas über hundertundvierzig Pfund Gewicht. Er vermutete sogar, dass er nicht so aussah, wie ein Mann in seinem Metier aussehen sollte. Er hatte dunkles Haar, dunkle Augen, hohe Backenknochen, eine schmale Nase, fast aristokratisch, und man hatte ihm verschiedentlich gesagt, er wirke irgendwie morbid. Im

Vergleich mit diesem Shirillo jedoch sah er aus wie ein Schläger, tausendmal erfahrener, umsichtiger und routinierter. Der Junge konnte keinerlei Vertrauen erwecken, und Tucker kam sich vor wie ein Vater, der seinem Sohn begegnet.

Shirillo streckte eine Hand aus und nahm Tuckers einzigen Koffer, während er ihm die andere zum Händedruck bot. Sein Händedruck war überraschend fest, obwohl gänzlich ungezwungen, der Händedruck eines Mannes, dem es nicht an Selbstbewusstsein mangelt. Zumindest sah sich Tucker veranlasst, sein anfängliches Urteil zu revidieren.

Dieser zweite Eindruck verstärkte sich, als Shirillo seinen neuen Corvette forsch, aber absolut sicher durch den morgendlichen Stoßverkehr in die Stadt lenkte und besser vorankam, als Tucker es für möglich gehalten hätte. Hinter diesem zerbrechlichen Äußeren schien sich ein durchaus qualifizierter, ja verwegener Mann zu verbergen.

»Warum gerade du?«, fragte Shirillo, während er einen schweren Bierwagen überholte und mit einer knappen Haaresbreite Abstand wieder in die rechte Fahrspur einscherte.

»Bitte?«

Der Junge grinste. »Du musterst mich nun schon, seit ich dir in der Ankunftshalle den Koffer abgenommen habe, und du bist anscheinend zu dem Schluss gekommen, dass ich vertrauenswürdig bin.«

Tucker sagte nichts.

»Und jetzt«, fuhr Shirillo fort, »möchte ich gern wissen, woran ich mit dir bin. Wieso hat Felton ausgerechnet dich für diesen Job ausersehen?«

Tucker lehnte sich in den Kübelsitz zurück, fischte eine Rolle saurer Drops aus der Tasche, bot Shirillo eines an und bediente sich selbst. »Wahrscheinlich weil ich grundsätzlich nur Institutionen beraube.«

»Institutionen?«

»Nun ja, Banken, Versicherungen, Warenhäuser, Diamantenbörsen, dergleichen. Ich habe noch nie eine Einzelperson bestohlen, jemanden, dem der Verlust zum persönlichen Schaden gereicht hätte.«

Shirillo brauchte eine Weile, um das zu verdauen. »Die Mafia ist für dich also eine Institution?«

»Eine der ältesten.«

»Aber es gibt doch Unterschiede zwischen der Mafia und ... und einer Bank oder einer Versicherungsgesellschaft.«

»Ein paar schon, aber nur wenige«, räumte Tucker ein. »Weniger, als man auf den ersten Blick glauben könnte.«

»Ein Unterschied«, sagte Shirillo und nutzte geschickt eine Lücke im Fahrzeugstrom, »ist der, dass du nach einem Bankeinbruch hinter Gittern landest, wenn sie dich erwischen, während die Leute, von denen wir hier reden, dich ganz einfach mit einem Gewicht beschweren und irgendwo von einer Brücke fallen lassen.«

Tucker lutschte an seinem Fruchtbonbon und lächelte. »Ist das auch heute noch üblich?«

»Das und Schlimmeres«, sagte Shirillo. »Und ich würde nur ungern mit jemand zusammenarbeiten, der sich über die Risiken nicht im Klaren ist.«

»Du selbst bist dir darüber völlig klar, ja?«

»Ich bin im Hill-Viertel von Pittsburgh aufgewachsen.«

Shirillo hatte jetzt nichts mehr von einem Kind an sich. Sein Gesicht hatte grimmige, von schlechten Erinnerungen verzerrte Züge angenommen. »Das Viertel wird größtenteils von Schwarzen bewohnt – unzumutbare Wohnverhältnisse, schlecht funktionierende Müllabfuhr, sodass die Ratten wie Hunde auf den Straßen herumlaufen, kaum Polizeistreifen, Straßen, die solange ich lebe noch keine Asphaltdecke gesehen haben, keinerlei Familienberatung oder städtische Sozialeinrichtungen, wie man sie in weißen Wohngegenden findet. In solchen Vierteln staut sich der Druck so lange, bis er – alle paar Jahre, an einem heißen Sommerabend – ein Ventil findet und unter lautem Knall entweicht.«

»Krawalle?«

»Du scheinst ja fleißig Zeitung zu lesen. Aber ich möchte es nicht so sehr als Krawalle bezeichnen, sondern eher als Nervenzusammenbrüche; es ist mehr psychologisch als physisch. Ein paar Tage lang redet alle Welt davon, die aufrechten weißen Mitbürger gehen hin und kaufen eine Menge Waffen zusammen, mit denen sie nicht umgehen können, und in einem Monat kräht kein Hahn mehr danach: Alles ist vergessen, und nichts hat sich geändert, gar nichts. Wer nicht schwarz oder spanischer Abkunft ist, muss schon scheißarm sein, um im Hill-Viertel zu wohnen. Darum haben wir da gewohnt. Mein Vater hat uns mit einem kleinen Schusterladen über Wasser zu halten versucht, und er hat es sogar geschafft, bis er mit sechsundfünfzig an Überarbeitung krepiert ist. Mein Vater hat die letzten fünfzehn Jahre brav an Rossario Baglios Eintreiber gezahlt, damit er seinen Betrieb weiterführen konnte. Ein alter italienischer Brauch.« Er lachte bitter über seinen eigenen Witz. »Und vor Baglio war es ein anderer, der die Wochenraten kassierte. Ich habe gesehen, was sie mit Leuten machen, die eine Woche in Rückstand geraten oder sich gar rundweg weigern, der Erpressung nachzugeben. Einer, der sich dagegen auflehnte, war mein Bruder, und der hinkt seitdem. Ziemlich schwer sogar. Kann von Glück sagen, dass er überhaupt noch gehen kann.«

»Du weißt also Bescheid über die Risiken«, sagte Tucker.

»Und ob.«

»Nun, ich auch. Aber ich weiß auch, dass ein Job, wie wir ihn planen, Vorteile mit sich bringt, die vielleicht sogar die zusätzlichen Risiken überwiegen.«

»Zum Beispiel?«

»Zum Beispiel braucht man sich nicht mit der Polizei herumzuärgern, mit der Staats- und Bundespolizei, den Fingerabdruckexperten und all den anderen.«

»Das stimmt allerdings«, räumte Shirillo ein.

Außerhalb der Stadt, auf der Autostraße nach Osten, nahm der Verkehr erheblich ab. Shirillo ließ die Tachonadel bis etwa auf 70 Meilen in der Stunde klettern und behielt das Tempo stetig bei. Keiner von beiden sprach ein Wort, bis Shirillo nach fünfzehn Minuten bremste und auf einen Rastplatz einbog.

»Von hier geht's zu Fuß weiter«, sagte er und sah auf seine Uhr. »Und wir müssen uns beeilen.« Er nahm zwei Feldstecher vom Rücksitz, gab Tucker einen davon und stieg aus.

Zwanzig Minuten später, nach einem langen Schweigemarsch durch den Nadelwald, waren sie an der von Shirillo ausgewählten Beobachtungsstelle oberhalb der Privatstraße, die nach etwa anderthalb Kilometern in Baglios Einfahrt mündete. Sie hielten sich im Schatten der Bäume und beobachteten das große weiße Haus.

»Hübsche Baracke«, sagte Tucker.

»Neunundzwanzig Zimmer«, erläuterte Shirillo.

»Schon drin gewesen?«

»Einmal. Ich habe mit achtzehn Jahren als Eintreiber für einen von Baglios Operateuren gearbeitet – ein Mann namens Guita. Guita hielt damals große Stücke von mir und glaubte, ich könne es in der Organisation zu was bringen. Und einmal nahm er mich mit, um mich Mr. Baglio persönlich vorzustellen.«

»Und was ist aus deiner großen Karriere in der Unterwelt geworden?«

»Guita wurde vorzeitig hinweggerafft.«

»Polizei?«

»Nein – Baglio.«

»Warum?«

»Keine Ahnung.«

Nach einer Weile sagte Tucker: »Allerhand los da oben beim Haus. Ist es das schon?«

Shirillo setzte den Feldstecher an und schaute den Berg hinauf. »Ja, das ist es. Der ältere Ganove da ist Henry Deffer, Baglios persönlicher Fahrer. Neben ihm, der Lackaffe, das ist Chaka, Baglios Buchhalter und ›Ausbügler‹, der zweitmächtigste Mann in der hiesigen Organisation. Er glättet die Wogen, wenn es irgendwo Ärger gibt.«

»Die andern beiden?«

»Kleine Fische – Schlägertypen.«

»Das Geld ist in den Koffern?«

»Ja.«

»Wie viel, glaubst du?«

»Ich habe mich umgehört. Außer Baglio und Chaka weiß das keiner mit Sicherheit zu sagen. Wahrscheinlich zwischen zweihundert und fünfhunderttausend, je nachdem, wie die letzten zwei Wochen waren.«

»Woher stammt das Geld?«

»Aus Baglios Spielbetrieben in den Vorstädten – alles kleinere Unternehmungen, Lotteriebretter in ein paar hundert Tankstellen, Zahlenlotto in Waschsalons und Zeitungsständen und Friseurläden, Sport-Toto und Rennwetten in etwa sechzig bis siebzig Bars. Jedes für sich genommen, kaum der Rede wert, aber ein minimaler Einsatz, zweitausendfach vervielfacht, ergibt ein ansehnliches Stück Geld.«

»Warum wird nur alle vierzehn Tage abkassiert?«

»Weil es tatsächlich nicht viel ist, verglichen mit den Einnahmen aus der Innenstadt: Lotto, Prostitution, Protektion, Rauschgifthandel. Was in den Vorstädten ein kommt, lohnt die Mühe des allwöchentlichen Abkassierens kaum. Außerdem sind die Betriebe, die kleine Dollarwetten veranstalten, zumeist ehrliche, eingetragene Firmen, die nebenbei ein bisschen schmutziges Geld einnehmen, das sie in der Steuererklärung verheimlichen. Diesen Leuten passt es ganz gut in den Streifen, dass sie Baglios Anteil für zwei Wochen zinsfrei behalten können und damit anderweitig Löcher stopfen können. Baglio hat dagegen nichts einzuwenden, solange sie für ihn einen ehrlichen Anteil reservieren und mit den Zahlungen nicht in Rückstand geraten.«

Ein schwarzer Cadillac war aus der Einfahrt gekommen und kam nun die schmale Straße hinunter auf sie zu. Sie traten unwillkürlich noch tiefer in den Schatten zurück und ließen den Wagen passieren.

Shirillo sagte: »Baglio hat ungefähr fünfzig Kassierer für die Vorstädte. Sie machen sich jeden zweiten und vierten Montag auf den Weg und treiben die kleinen Beträge aus den Betrieben ein. Ab drei Uhr nachmittags liefern sie es dann hier ab, und das dauert bis zum Abendessen. Montag abends wird es gezählt, zu Bündeln verpackt und in Koffern verstaut, und Dienstag morgens geht es ab in die Stadt.«

»Was geschieht dann damit?«

»Baglio ist Teilhaber einer Bank in der Stadt, einer der ganz großen an der Forbes Avenue. Deffer parkt den Caddy in der Tiefgarage unter der Bank, während Chaka und einer der Leibwächter mit dem Privatlift des Bankpräsidenten die Koffer ins Präsidentenbüro im sechzehnten Stock bringen. Was dann passiert, weiß ich nicht. Ich nehme an, dass es dann geschickt frisiert und blütenrein wieder in Umlauf gesetzt wird.«

»Hast du schon eine Stelle gefunden, wo wir den Wagen parken können?«

»Ja«, sagte Shirillo. »Sehen wir uns doch einmal um.«

Sie verbrachten den Nachmittag mit langen Streifzügen durch die Wälder entlang der Privatstraße, auf der

Suche nach geeigneten Stellen für die Durchführung des Überfalls. Danach fuhren sie in die Stadt zurück, wo Tucker ein Zimmer in einem Hotel des Chatham Centers nahm. In seinem Zimmer besprachen sie am Abend die Details des Plans, ergänzten ihn durch Alternativmöglichkeiten und einigten sich zu beider Zufriedenheit. Der Plan sah gut aus.

Wieder in Manhattan, brauchte Tucker nur zwei Wochen, um Bachman und Harris aufzustöbern und für den Plan zu interessieren. Noch am letzten Sonntag hatten sich die vier in Pittsburgh zusammengesetzt und alle Details bis zur Erschöpfung durchdiskutiert. Am Montag beobachteten sie die Anlieferung des Geldes, trafen sich ein letztes Mal zur Besprechung am Montagabend in Tuckers Hotelzimmer, und das Unternehmen glückte. Erstaunlich gut sogar. Bis auf diese verdammte Blondine im Cadillac. Dieser gottverdammte Cadillac, mit dem sie nicht gerechnet hatten.

Tucker bedauerte den Misserfolg mehr als den Verlust des Geldes, mehr noch als ein sich abzeichnendes Ende mit Gewalt und Tod. Er war fest entschlossen, die Sache nicht so enden zu lassen.

4

»Baglios Leute sind also vor uns und hinter uns«, sagte Jimmy Shirillo. »Was machen wir nun?« Er ließ den Mustang im Kriechtempo dahinrollen und hätte am liebsten angehalten. Die Zeit anhalten, den Augenblick für die Ewigkeit festhalten, warum nicht? Dann brauchten sie Baglio nicht gegenüberzutreten, und ihnen könnte nichts passieren. Dafür, dass es sein erster größerer Job war, hatte er sich eigentlich recht gut gehalten, besonders angesichts des fast totalen Misserfolgs, aber er hatte seine Grenzen. Er musste an seinen Bruder denken, die langen Wochen im Krankenhaus, das Hinken, und er hätte am liebsten auf der Stelle Schluss gemacht.

Tucker zeichnete mit dem Zeigefinger Kreise auf den Schaft der Flinte und überlegte sich eine Antwort auf Jimmys Frage. Er reagierte auf diesen Misserfolg anders als der junge Shirillo: Sein Einfallsreichtum steigerte sich, seine Entschlossenheit wuchs ins Unermessliche.

»Ich habe bemerkt, dass von diesem Hauptweg Abzweigungen abgehen«, sagte er. »Wir müssen etwa ein Dutzend passiert haben, seit wir von der Asphaltstraße abgebogen sind.«

Shirillo nickte eifrig. »Das ist mir auch aufgefallen. Sie waren schmaler als dieser Weg, tiefer zerfurcht, völlig überwuchert und absolut unbefahrbar, es sei denn mit einem Landrover.«

»Ich hab' damit auch nicht sagen wollen, dass einer dieser Seitenwege einen leichten Ausweg für uns bedeutet«, sagte Tucker geduldig. Jimmys fataler pessimistischer Unterton gefiel ihm nicht, aber er gab dazu keinen Kommentar. Mit Ruhe würde sich Shirillo am ehesten überzeugen lassen; dem Jungen musste man ein Beispiel geben. »Ich meine, wir müssten es doch wenigstens eine oder zwei Meilen weit schaffen können, ehe wir aussteigen und zu Fuß weiter müssen.«

»Gefällt mir trotzdem nicht«, beharrte Shirillo.

»Baglios Straßensperren gefallen dir besser?«

Shirillo gab keine Antwort.

»Inzwischen wissen sie, dass wir eine Maschinenpistole haben, und werden sich nicht noch einmal überrumpeln lassen.«

Shirillo überlegte einen Moment und sagte dann: »Wieso lassen wir nicht einfach den Wagen hier und schlagen uns in die Wälder und meiden alle bewachten Wege?«

»Weil wir uns nie zurechtfinden würden. Nach zehn Minuten schon hätten wir uns hoffnungslos verirrt. Wir können uns nur an der Asphaltstraße orientieren. Keiner von uns ist ein Waldmensch.«

»Da hat er verdammt recht«, sagte Harris, die Hände um die Thompson gekrampft. Er verbarg seinen Pessimismus hinter einer Maske aus stoischer Gleichgültigkeit, die jedoch weniger überzeugte als Tuckers bewusst zur Schau getragene Fassade. Harris' gedrückte Stimmung beruhte nicht auf Unerfahrenheit – wie bei Shirillo –, sondern auf der zunehmenden Gewissheit, zu lange in diesem Metier tätig gewesen und dem Tag, an dem er seinen Tribut zollen müßte, gefährlich nahe gerückt zu sein. Er dachte an die kurze Zeit, die er einst hinter Gittern verbracht hatte, und er wußte: Dieser Weg, auf dem er sich jetzt befand, würde nicht wieder ins Gefängnis führen; diesmal würde es schlimmer kommen, viel schlimmer und weit schmerzhafter. Baglio würde ihn nicht in die Zelle, sondern ins Grab schicken.

»Also gut«, sagte Shirillo resignierend. »Aber *du* triffst die Wahl, okay?«

Nach dreihundert Yards zeigte Tucker auf eine schmale Lücke in der fast geschlossenen Wand aus dicken Fichtenstämmen. »Da, rechts, der Weg müsste in die Richtung des Hauses führen.«

Shirillo bog so vorsichtig in den unkrautüberwucherten Seitenweg ein, als rechne er damit, jeden Augenblick auf eine Mine zu fahren. Der Mustang stöhnte auf, sank in die feuchte Erde unter dem dicken Nadelteppich ein und sprang wie ein Fohlen durch die schlammigen Schlaglöcher. Das Strauchwerk, das von beiden Seiten in den Weg wuchs, teilte sich mit kratzendem Geräusch, aber der Wagen bewegte sich langsam vorwärts.

Schweigend fuhren sie so mehr als anderthalb Meilen, ehe der Mustang plötzlich in einem verschlammten

Tümpel stecken blieb und auch durch Tuckers und Harris' kräftiges Schieben nicht weiterzubewegen war.

Shirillo schaltete schließlich den Motor ab und stieg aus. »Den kriegen sie nur noch mit einem Kranwagen hier heraus«, sagte er.

»Also zu Fuß weiter!«, sagte Tucker.

Shirillo fühlte sich jetzt tatsächlich besser als noch vor einer Viertelstunde. Er hätte nie geglaubt, dass der Mustang in diesem Gelände es so weit schaffen würde. Dass er so lange durchgehalten hatte, erschien ihm als gutes Omen für einen vielleicht doch noch guten Ausgang.

Tucker übernahm die Führung auf dem überwachsenen Waldpfad, Shirillo folgte, und Harris bildete mit seiner schweren Artillerie den Schluss. Harris trug die Thompson an der Hüfte wie ein Infanterist, der sichernd durch eine feindliche Stellung schreitet. Was im Übrigen ungefähr den Tatsachen entsprach.

Obwohl Tuckers Augen den Wald nach Baglios Leuten absuchten, konzentrierten sich seine Gedanken auf das Problem des fehlgeschlagenen Überfalls. Dreizehn Unternehmungen dieser Art hatte er in den vergangenen drei Jahren perfekt abgewickelt, einige von ihnen waren bereits Legende in einschlägigen Kreisen. Verwicklungen hatte es – verständlicherweise – jedes Mal gegeben, aber am Ende war immer alles gut gewesen. Mit seinen achtundzwanzig Jahren hatte er es unter Berufskollegen zu einem Ruf gebracht, mit dem sich Clitus Felton einst zur Ruhe gesetzt hatte. Mike Tucker – der absolut Zuverlässige. Der Klang dieses Namens tat seinen Ohren wohl, obschon der Nachname nicht sein wirklicher war. Seit drei Jahren arbeitete er nun schon unter diesem selbst gewählten ›Künstlernamen‹, und er hatte das Gefühl, dass dieser Name – weitere fünf Jahre steten Erfolgs vorausgesetzt – eines Tages seinen wirklichen Namen vergessen machen könnte. Schon jetzt war er mehr darauf bedacht, Tuckers guten Ruf zu bewahren, als sich um Dinge zu kümmern, die mit seinem wirklichen Namen und seiner Familie zu tun hatten. Sein wirklicher Name bedeutete ihm nichts, worauf er stolz sein konnte, gar nichts. Tucker jedoch, das war ein Name, der für Qualität bürgte. Ein verpfuschter Job … *›Wisst ihr noch, damals; Tuckers erster Fehlschlag, die Sache mit Baglio? Von da an ging's bergab mit ihm …‹* Nein. Bloß das nicht! Er würde nicht zulassen, dass es bei diesem Fehlschlag blieb, denn damit würde er seinem Vater direkt in die Hände spielen – natürlich nicht Tuckers Vater; seinem wirklichen Vater. Alles in ihm lehnte sich dagegen auf. Er würde niemandem einen Bezugspunkt für den Beginn seines Niedergangs liefern. Er würde sich keine Ruhe gönnen, ehe er nicht diese verdammten Koffer oder drei andere, völlig gleiche, randvoll mit Geld, in seinem Besitz hätte.

Er sah auf die Uhr, während er über den zerfurchten, unbenutzten Waldweg stapfte, und war überrascht, dass es bei allem, was an diesem Morgen geschehen war, erst wenige Minuten nach elf Uhr war. Vieles würde sich ändern lassen – noch heute, vorausgesetzt, dass es ihnen gelänge, unbemerkt von diesem Berg herunterzukommen.

Zehn Minuten nachdem sie den Mustang verlassen hatten, begann der Wald lichter zu werden. Die Bäume waren kleiner, das Unterholz dichter. Tucker widmete jetzt seine ganze Aufmerksamkeit der Landschaft; das Plänemachen konnte bis später warten. Baglios Leute waren nicht in den Wald eingedrungen, aber möglicherweise hatten sie das Gelände umstellt. Ob es ihnen gelingen würde auszubrechen, hing davon ab, wie viele bewaffnete Männer Baglio am Tage eines Geldtransports in seinem Haus stationiert hatte.

Sie gingen jetzt nebeneinander, nicht mehr hintereinander, und näherten sich langsam dem Waldrand, sichernd und vorsichtig, und mehr und mehr wurde ihnen klar, dass sie allein waren. Im dunklen Schatten der letzten Bäume am Waldrand hielten sie an und schauten den langen Abhang hinab. Unter ihnen lag Baglios Villa, ein grellweißer Punkt inmitten der grasgrünen Landschaft.

5

Auf dem Bauch im Gras am Waldrand liegend, beobachteten die drei Männer das Treiben unten vor Baglios Haus. Auf dem langen Fliesenpflaster vor dem Haus hatten zwei Wächter Stellung bezogen. Sie lehnten, der eine links, der andere rechts, an weißen Holzsäulen und behielten die kreisförmige Auffahrt und die Rasenflächen zu beiden Seiten des Gebäudes im Auge. An der Hinterseite des Hauses, von hier oben nicht zu sehen, würden weitere Wächter postiert sein. Abgesehen davon war das Bild, das sich ihnen bot, eher friedlich. In den zahlreichen Fenstern fing sich das helle Sonnenlicht und wurde verstärkt zurückgeworfen, eine Weide ließ traurig und träge die Zweige hängen, irgendwo in der Nähe kreischte ein Vogel.

Tucker setzte den Feldstecher ab und sagte: »Der weiße Thunderbird in der Auffahrt hat Arzt-Schilder.«

»Ein Arzt für Bachman?«, fragte Shirillo.

»Höchstwahrscheinlich.«

»Du glaubst also, sie haben ihn aus dem Wrack geborgen?«, fragte Harris.

Tucker nickte. »Und dass sie ihn ins nächste Krankenhaus bringen, ist nicht anzunehmen. Da könnte sich jemand dafür interessieren, wo er sich die Verletzungen geholt hat.«

»Glaubst du, er ist schwer verletzt?«, fragte Shirillo.

»Auf jeden Fall ist er nicht mit leichten Hautabschürfungen davongekommen.«

Harris dachte an den aufgebockten Chevrolet auf dem ramponierten Cadillac und zog eine bittere Grimasse. »Warum haben sie ihn nicht einfach umgebracht? Wieso machen sie sich noch die Mühe, einen Arzt für ihn zu holen? Dieser Baglio scheint mir, nach allem, was ich von ihm gehört habe, nicht gerade ein Wohltäter der Menschheit zu sein.«

Tucker wischte eine Ameise von seinem Ärmel. »Bachman ist entweder bewusstlos oder vom Schmerz so betäubt, dass er nicht zusammenhängend reden kann. Baglio hat den Arzt geholt, um Bachman so weit hinzubiegen, dass er ein paar gezielte Fragen beantworten kann.«

»Über unseren Plan«, sagte Harris.

»Und über uns«, ergänzte Tucker.

»Bachman wird den Mund halten.«

»Einen Scheißdreck wird er!«, sagte Shirillo.

Harris warf ihm einen Blick zu, und sein eckiges Gesicht errötete. »Ich habe ein halbes Dutzend Mal mit Merle Bachman gearbeitet, und ich garantiere für ihn.«

»Wenn er in den Händen der Polizei wäre, würde ich mir keine Sorgen machen«, sagte Shirillo. »Die nächtlichen Frage-und-Antwort-Spielchen mit den Jungs von der Polizei würde er spielend überstehen, aber Baglios Verhörmethoden hält keiner lange aus. Sie werden ihn wieder zusammenflicken und ihm ein paar Fragen stellen; und dann brechen sie ihm jeden Knochen einzeln, bis er anfängt zu singen. Die sind in der Wahl der Methoden nicht so beschränkt wie die Polizei.«

Tucker setzte den Feldstecher wieder an und richtete ihn auf den Haupteingang des Hauses. Zwei Männer waren herausgekommen und gingen zu dem weißen Thunderbird. Der eine, ein Mann im grauen Straßenanzug, trug eine schwarze Tasche – offenbar der Arzt. Der andere, ein großer, dunkler Typ, machte mit seinen vollen Koteletten und der weißgrauen Mähne einen sehr distinguierten Eindruck. Zwanzig Pfund zuviel an den Hüften, aber ansonsten in guter Kondition – man hätte ihn für einen Kongressabgeordneten oder einen Ölmagnaten halten können. Tucker nahm an, es könne nur Baglio sein, und Shirillo bestätigte es ihm.

»Was geht da unten vor, Freund?«, fragte Harris.

»Sie diskutieren«, sagte Tucker, »aber nicht hitzig. Ich nehme an, der Doktor will Bachman ins Krankenhaus überweisen, was Baglio natürlich nicht passt. Im Moment weist er den Arzt vermutlich höflich, aber bestimmt darauf hin, dass er die übertrieben hohen Arzthonorare widerspruchslos zahlt, um sich gegebenenfalls einmal über den Rat des Arztes hinwegsetzen zu können.«

Bald darauf stieg der Arzt in den Thunderbird und fuhr ab, während Baglio ihm freundlich hinterherwinkte. Dann trat eine dritte Person aus dem Haus und stellte sich neben Baglio: die üppige Blondine, die am Steuer des Cadillac gesessen und Bachman den Fluchtweg abgeschnitten hatte. Sie trug Shorts und ein knappes Oberteil, und alles an ihr strotzte so überreif, dass sie mit dreißig Jahren schon auf dem absteigenden Ast sein würde – in einem Alter, in dem viele Frauen erst zu voller Blüte gelangen. So jedoch, wie sie jetzt dastand, mit ihren zweiundzwanzig oder dreiundzwanzig Jahren, war alles an ihr vollkommen, und sie schien es zu wissen. Tucker sah, wie sie, den Arm um den viel älteren Baglio geschlungen, ins Haus zurückging.

»Kennst du die Frau?«, fragte er Shirillo. »Sie hat den Cadillac gefahren.«

»Nein, aber sie wird wohl Baglios neueste Errungenschaft sein.«

»Wohnt im Haus?«

»Das ist bei Baglio so üblich.«

Tucker beobachtete das Haus, obwohl sich unten

jetzt nichts mehr tat und die Wächter gelangweilt an den Säulen lehnten.

»Glaubst du, dass sich mit Sicherheit feststellen lässt, wie viele Leute sich nachts in dem Haus aufhalten – außer Baglio und der Frau?«

Shirillo überlegte einen Moment. »Ich könnte mich ja mal vorsichtig umhören, aber so viel kann ich schon jetzt sagen: mindestens vier Leibwächter. Mehr weiß ich auch nicht.«

»Wieso ist das so wichtig?«, fragte Harris.

Tucker schnippte erneut eine Ameise von seinem Ärmel. »Weil wir hinein müssen, um Bachman herauszuholen.«

»Bist du wahnsinnig?!« Harris' Gesicht war zur Abwechslung einmal nicht rot, sondern käsiggelb geworden. Jedes Fältchen war deutlich sichtbar, und er konnte sein Alter und die Erschöpfung nicht verbergen. Auch als seine Hand sich auf die Thompson neben ihm im Gras legte, half ihm das nicht viel.

»Hast du einen anderen Vorschlag?«

»Wir trennen uns und verhalten uns für eine Weile still.«

»Sehr gut«, sagte Tucker, nicht ohne Sarkasmus. »Das wäre wirklich das beste, wenn wir es mit der Polizei zu tun hätten. Die Bullen haben ja so verdammt viel Arbeit am Hals, die können sich gar nicht lange um uns kümmern. Zwei Monate ohne neuen Hinweis, und sie legen den Fall zu den Akten und gehen zur Tagesordnung über. Aber diese Leute da, Pete, die haben Zeit, und sie kennen keinen Personalmangel. Baglio sieht mir ganz danach aus, als ob er verdammt nachtragend sein könnte. Er wird unsere oder Feltons Namen aus Bachman herauspumpen und Felton so lange in die Mangel nehmen, bis er weiß, wo wir zu finden sind.«

»Wann gehen wir hinein?«, fragte Shirillo. »Heute Nacht?«

»Morgen Nacht, denke ich.«

»Ihr seid beide komplett verrückt!«, sagte Harris. »Bis dahin hat Bachman längst gesungen.«

»Vielleicht auch nicht«, sagte Tucker. »So wie der Arzt auf Baglio eingeredet hat, ist Bachmans augenblicklicher Zustand sicher sehr schlecht. Wahrscheinlich steckt er bis zum Haaransatz unter Betäubungsmitteln, und das wird auch bis morgen früh so bleiben. Selbst wenn er dann das Bewusstsein wiedererlangt, wird in einem Verhör nicht viel mit ihm anzufangen sein. Besonders nicht mit Baglios Verhörmethoden. Was nützt es denn, einem Mann mit Folter zu drohen, wenn er schon so vor Schmerz nicht geradeaus denken kann?«

»Und wenn es ihn nun gar nicht so schlimm erwischt hat, wie du glaubst?«, sagte Harris. »Was ist, wenn wir hinkommen und feststellen, dass Bachman längst geredet hat, dass er tot ist und nur noch darauf wartet, im Wald verscharrt zu werden?«

»Dann stehen die Aktien für uns auch nicht schlechter, als wenn wir jetzt einfach abziehen. So oder so wird Baglio dann hinter uns her sein.«

»Tucker hat Recht«, sagte Jimmy Shirillo.

Harris schüttelte den massigen Kopf, sein Gesicht hatte wieder etwas Farbe. »Ich weiß nicht. Ich bin für gesunden Menschenverstand bei der Arbeit. Wenn es einen erwischt, bitte, das ist eben Pech. Wir alle gehen dasselbe Risiko ein.«

»Solange die Polizei im Spiel ist, ja«, sagte Tucker. »Wenn Bachman der Polizei in die Hände gefallen wäre, würde ich jetzt einfach aufgeben.« Das stimmte nicht ganz, denn da war immerhin noch das Geld, das sie nicht bekommen hatten, der Fehlschlag, den er unbedingt ausradieren musste. »Weil ich weiß, dass er keinen von uns verpfeifen würde. Aber dies ist nicht die Polizei, Pete. Bei diesen Leuten muss man alle alten Regeln über Bord werfen und sich den neuen Gegebenheiten anpassen.«

Harris schaute noch immer skeptisch zum Haus hinunter. »Wie kommen wir hinein?«

»Ich habe mir da schon ein paar Ideen zurechtgelegt.« Tucker tippte an seine Schläfe. »Aber ich möchte mich noch nicht darüber auslassen, ehe ich alles bis zu Ende durchdacht habe.« Er stand auf und wischte seine Kleidung sauber. »Im Moment müssen wir erst einmal von diesem verdammten Berg herunter, ehe sie die Suche wieder zur Straße hin verlagern.«

»Und unten an der Hauptstraße stellen wir uns einfach hin und versuchen per Anhalter in die Stadt zu kommen, Freund?«, fragte Harris. »Du mit der Flinte und ich mit der Thompson unter dem Arm?«

»Wir können immer noch Shirillos Corvette benutzen, wie geplant. Nur müssen eben drei Mann statt zwei darin Platz finden. Der Wagen steht auf dem Rastplatz, etwa eine knappe Meile von Baglios Privatstraße entfernt. Shirillo kann in östlicher Richtung bis zur nächsten Ausfahrt fahren, dann kommt er nach Westen zurück, fährt an uns vorbei bis zur nächsten Ausfahrt, dort kehrt er wieder um und lädt uns an der vorgesehenen Stelle ein.«

»Das müsste möglich sein«, sagte Shirillo. »Die Ausfahrten liegen hier, so nahe bei der Stadt, noch sehr nahe beieinander.«

»Hoffentlich hast du Recht, Freund«, sagte Harris.

Dieses ›Freund‹, das Harris immer häufiger an seine Sätze anhängte, bereitete Tucker Sorgen. Pete Harris war nicht neu im Geschäft, und seine Nervosität war viel gefährlicher als die des unerfahrenen Neulings Shirillo, weil die Wurzeln tiefer reichten. Tucker wußte aus Erfahrung, dass Harris, wenn er aus dem Gleis geraten war, seinen Gesprächsbeiträgen mit diesem seltsamen Anhängsel Nachdruck zu verleihen pflegte. Dass er jetzt schon so aufgeregt war, wo noch kaum was passiert war, war kein gutes Zeichen.

»Also los, auf mit den müden Ärschen!«, sagte Tucker. »Ich habe noch eine Menge Vorbereitungen zu treffen.«

6

Der Koffer, in dem Harris die Maschinenpistole in ihrer weniger auffälligen, zerlegten Form zu tragen pflegte, befand sich in Shirillos Corvette. Laut Plan hätten – nach gelungenem Überfall – Shirillo und Harris aus dem gestohlenen Dodge in den Sportwagen umsteigen und mit ihm in die Stadt zurückfahren sollen, während Tucker den großen Wagen in einer stillen Wohnstraße abstellen sollte, wo er möglicherweise ein paar Tage lang unbemerkt geblieben wäre. Nun saßen sie zu dritt in dem niedrigen Sportwagen, Shirillo und Harris vorn auf den Sitzen, Tucker seitlich kauernd in dem engen Ablageraum hinter ihnen. Harris zerlegte die Waffe und paßte die Einzelteile in die auf dem Kofferboden fest angeleimten Schaumstoffpolster; seine Ellbogen waren eine zusätzliche Belästigung für die beiden anderen. Harris brauchte dreimal so lange wie gewöhnlich für die Arbeit, aber wenigstens beruhigte sie ihn. Als er fertig war, streichelte er den Koffer und drehte sich lächelnd zu Tucker um. »Herrliches Werkzeug, findest du nicht?«

»Herrlich«, bestätigte Tucker. »Ich kann durchaus verstehen, dass du nie geheiratet und Kinder bekommen hast.«

Harris, ohne Antenne für den beißenden Spott, nahm es als Kompliment für die Waffe.

Sie setzten Harris vor seinem Hotel ab, nicht ohne

ihm das Versprechen abzunehmen, sich still zu verhalten und vom nächsten Morgen ab in seinem Zimmer auf Tuckers Anruf zu warten.

»Ich kann mir immer noch nicht vorstellen, wie wir in das Haus hineinkommen wollen«, sagte er.

»Verlass dich auf mich!«, sagte Tucker.

Harris warf die Tür zu und ging mit seinem Koffer voll Maschinenpistolenteilen ab, als ob es nur Hemden und Unterwäsche wären.

Als Tucker vor seinem Hotel im Chatham Center ausstieg, ließ er seine Flinte bei Shirillo, sagte, er würde ihn anrufen, und schickte ihn nach Hause. Er ging auf sein Zimmer, duschte, zog sich an, packte seinen Koffer und bezahlte seine Rechnung. Aus der Hotelhalle rief er den Flughafen an, buchte einen Platz für den nächsten Flug nach New York, nahm ein Taxi und verließ die Stadt.

Um sechzehn Uhr sechsunddreißig landete er in Kennedy International, keineswegs glücklich, wieder zu Hause zu sein, denn er kehrte ja mit einem zeitweiligen Misserfolg zurück.

In der Haupthalle des Flughafens begab er sich samt seinem Koffer in eine Telefonzelle und zog die Tür hinter sich zu. Er wählte die Nummer der Bank, die seit eh und je das Privatvermögen seiner Familie betreute, in der vagen Hoffnung, den Präsidenten der Bank noch im Büro anzutreffen. Der Präsident saß noch an seinem Schreibtisch. Tucker leckte sich die trockenen Lippen, schluckte und gab sich zu erkennen – allerdings nicht unter dem Namen Tucker. Er hatte lange gezweifelt, ob er das tun sollte, sah schließlich aber keine andere Möglichkeit.

»Michael! Was kann ich für Sie tun?«, fragte Mr. Mellio. Er gab sich warm, aufrichtig und besorgt. Alles Quatsch. In Wahrheit war er ein eiskalter Halunke, der völlig im Schlepptau des Alten segelte. Wenn er in wenigen Minuten den Hörer auflegen würde, würde er unverzüglich Tuckers Vater anrufen und wortwörtlich berichten, was sie besprochen hatten. Wer über Einlagen in einer Höhe wie der Alte verfügt, der kann verlangen, dass ein Bankier auch einmal die Schweigepflicht verletzt und gewisse Extraleistungen erbringt.

»Wie lange werden Sie heute Nachmittag noch im Büro sein, Mr. Mellio?«

»Ich wollte eben gehen.«

»Um wie viel Uhr können Sie morgen frühestens da sein?«

»Um viertel nach acht?«

»Würden Sie mich dann empfangen?«

»Worum handelt es sich, Michael?«

»Ich möchte einen Kredit gegen meine Erbschaft aufnehmen.« Es war ein ganz simpler Satz, aber er ging ihm nur schwer von den Lippen. Sein Vater würde sich freuen, wenn Mellio ihm davon Bericht erstattete; Tuckers finanzielle Bedrängnis – die erste in mehr als drei Jahren – würde das Herz des Alten höher schlagen lassen.

»Kredit?«, fragte Mellio – ein Banker, der dieses Wort anscheinend zum ersten Mal hörte. »Michael, muss ich Sie daran erinnern, dass es nur einer einzigen Unterschrift von Ihnen bedarf, um die aufgelaufenen Zuwendungen aus dem Treuhandvermögen abheben zu können, und …«

»Daran brauchen Sie mich nicht zu erinnern«, sagte Tucker scharf. »Kann ich morgen früh um viertel nach acht wegen einer Anleihe bei Ihnen vorsprechen?«

»Selbstverständlich. Ich werde dem Sicherheitspersonal Anweisung geben, Sie vorzulassen.«

»Vielen Dank, Mr. Mellio.« Tucker hängte ein. Der Schweiß stand ihm auf der Stirn, obwohl ihm innerlich kalt war. Er wischte sich mit einem Papiertaschentuch über die Stirn und verließ die Telefonkabine, um draußen ein Taxi zu rufen.

Park Avenue in den achtziger Nummern. Tucker bewohnte hier ein Neun-Zimmer-Apartment komplett mit eigener Sauna; sein Vater wunderte sich immer wieder, wie er es fertigbrachte, es zu unterhalten. Der Portier grüßte ihn lächelnd mit Namen und reichte ihn an seinen Kollegen im Foyer weiter, der sich angelegentlich nach dem Erfolg seiner Geschäftsreise erkundigte.

»Danke, nicht schlecht«, antwortete Tucker, aber die Worte schmeckten bitter.

Schon beim Betreten seiner Wohnung im zehnten Stock wußte er, dass Elise zu Hause war: die Stereoanlage brachte Rimski-Korsakow, interpretiert von Eugene Ormandys Philadelphia-Orchester – ihr Lieblingskomponist und ihr Lieblingsorchester. Er bezwang den Drang, sie sofort aufzusuchen, und widmete sich zunächst wichtigeren Dingen. Im Wohnzimmer legte er die Brieftasche mit den Tucker-Papieren in den Wandsafe und steckte seine eigene Brieftasche in das Jackett. Er schloss die Safetür und wirbelte das Kombinationsschloss herum. *Dann* machte er sich auf die Suche nach Elise.

Auf dem Weg durch die Haupthalle blieb er vor dem Fragment eines Edo-Schildes – frühes fünftes Jahrhundert – stehen. Es war erst seit zwei Monaten in seinem Besitz, aber es schien bereits untrennbar mit der Wohnung verbunden. Er und Elise hatten Stunden damit zugebracht, den richtigen Platz für den Schild zu finden, und er hatte sich gar noch mehr Zeit genommen, ihn gründlich zu untersuchen, und die Untersuchung hatte nur ein einziges Bedauern zurückgelassen: Leider hatte nur eine Hälfte des getriebenen Kupferschildes die Zeiten überlebt. Andererseits: hätte der Schild die Jahrhunderte völlig intakt überstanden, so wäre er für ihn unerschwinglich gewesen. In seinem jetzigen Zustand hatte er ihn knapp unter vierzigtausend Dollar gekostet, und seiner Meinung nach war das Geld gut angelegt. Der ovale Schild aus meisterlich bearbeitetem Kupfer mit

Silberornamenten und Elfenbeinintarsien war das Produkt einer Nation afrikanischer Träumer, die am Ostufer des Niger gelebt hatten und kunstvolle Schilde zu entwerfen wussten, aber selten Krieg führten, und es war ein Stück von ausgesuchter Schönheit.

Außerdem trug der Erwerb dieses Stückes dazu bei, seinen Deckmantel als Händler in primitiver Kunst glaubhafter zu machen. Elise akzeptierte diese Fassade, ohne zu fragen, und selbst sein Vater fand nichts, um sie zu erschüttern. Der Kunsthandel war zwar wenig einträglich für ihn, aber seine Geschäftsbücher waren eine Privatsache zwischen ihm und den Steuerbehörden, und die Schnüffler seines Vaters fanden kaum stichhaltige Anhaltspunkte für seinen Umsatz.

Er hatte sich in die Betrachtung des Schildes versenkt, um ein wenig von dem Frieden, der von ihm ausging, in sich aufzunehmen und um seine Schönheit zu bewundern. Nun, da er die schärfere Gangart, die sein zweites Ich, Tucker, von ihm verlangte, abgestreift hatte, fühlte er sich in der richtigen Verfassung, Elise gegenüberzutreten.

Sie saß in einem schwarzen Ledersessel im gemütlichen Zimmer, ein Glas auf dem Tisch neben ihr, ein offenes Buch auf dem Schoß. Auch der bequeme, zu große alte Hausmantel konnte ihr nichts von ihrer sinnlichen Ausstrahlung nehmen. Sie war groß, mit ihren eins siebzig nur wenig kleiner als Tucker, vollkommen gewachsen, mit hohen, runden Brüsten, schmaler Taille, schlanken, aber keineswegs knabenhaften Hüften und Beinen, die nicht enden wollten. Ihre Erfolge beim Film verdankte sie jedoch ihrem Gesicht, nicht dem Körper darunter. Sie war naturblond, hatte grüne Augen und einen makellosen Teint. Merkwürdigerweise war sie für zwei Arten von Fernsehwerbespots gefragt: solche, die nach einem verführerischen Sexy-Girl verlangten, das den Männern Zigarren, Bier und Sportwagen nahebringen sollte, und solche, für die man eine reizende, aber unschuldige Naive benötigte, um Kosmetika, Limonade, Kindermoden und Haarpflegemittel zu verkaufen. Ein anderes Make-up, eine andere Frisur, und sie konnte, bei ihren eindrucksvollen schauspielerischen Fähigkeiten, in einer einzigen Sitzung zwei verschiedene Altersstufen und Temperamente glaubhaft darstellen.

Tucker küsste sie und spürte die Veränderung, die in ihm vorging, als sie ihn wiederküsste.

»Wie war's?«, fragte sie, als er an die Bar ging, um sich einen Drink zu machen.

»Es ist noch nicht abgeschlossen. Ich muss morgen noch einmal hin.«

»Für lange?«

»Nur für ein paar Tage.«

»War etwas nicht in Ordnung mit den Glocken?«, fragte sie.

»Es ist noch nicht geklärt, aus welchem Jahrhundert sie stammen – letzte Hälfte des fünften oder frühes sechstes Jahrhundert. Ich halte sie für jünger als der Verkäufer behauptet, und ich möchte sie von Heineken in Chikago prüfen lassen. Er wird notfalls einen Karbontest machen, wenn's sein muss.«

Die Lügen gingen ihm so flüssig von den Lippen, obwohl er sie nur ungern belog. Er hatte ihr gesagt, er müsse in Denver über den Ankauf von javanischen Tempelglocken verhandeln, und dann war er nach Pittsburgh gefahren, um sich mit Bachman, Harris und Shirillo zu treffen.

In jeder anderen Hinsicht waren ihre Beziehungen absolut ehrlich. Beide kamen und gingen, wie es ihnen gefiel; es herrschte keine falsche Eifersucht zwischen ihnen, keine Lügen, kein Betrug, alles war klar. Sie gab ihm jeden Monat einen Scheck, um ihren Anteil an der Miete und den anderen Rechnungen zu bezahlen, und als er die ersten beiden uneingelöst gelassen hatte, hatte sie ihm klipp und klar gesagt, dass es ohne gemeinsame Verantwortung keine anderen Gemeinsamkeiten geben könne. Die gegenseitige Achtung und das Vertrauen, das sie füreinander hegten, hatte Tucker noch nirgendwo anders gefunden – und doch musste er sie belügen, wenn es um die wahre Natur seiner Geschäfte ging. Nicht weil er ihr misstraute, sondern weil er sie nicht in etwas verwickeln wollte, das ihr die Gerichte möglicherweise einmal als Mittäterschaft oder Mitwisserschaft auslegen konnten.

Davon abgesehen, war es für sie beide nicht *die* große Liebe gewesen, sondern eher so etwas wie eine herzliche Zuneigung. Und wenn es damit einmal ein Ende haben sollte – falls überhaupt –, so würde er sich viel wohler fühlen bei dem Gedanken, dass sie von seiner kriminellen Tätigkeit keine Ahnung gehabt hatte.

Er setzte sich vor ihren Sessel auf den dicken Berberteppich, küsste ihre Knie und widmete sich dann zunächst seinem Drink. »Und was macht die Werbebranche?«, erkundigte er sich.

»Ich habe ein neues Angebot bekommen«, grinste sie. »Das rätst du nie, was ich diesmal verkaufen soll.«

»Was denn, *dafür* darf neuerdings auch schon im Fernsehen geworben werden?«

»Schmutzfink!«, sagte sie.

»Tut mir Leid. Was sollst du denn verkaufen?«

»Mixed Pickles.«

»Mixed Pickles?«

»Peter Piper Pickles«, gluckste sie. »Und ich dachte immer, Pickles gehören zu den … wie nennt man diese Dinge noch?«

»Familienartikel«, sagte sie.

»Genau. Und du hast immer gesagt, dass du für die Werbung für Familienartikel nicht in Frage kommst, selbst wenn du den vor Aufregung atemlosen Teenager spielst.«

»Diesmal haben sie sich eben eine ganz neue Methode einfallen lassen.«

»Wer – sie?«

»Marcus, Marcus, Pliney & Plunket«, sagte sie.

Für Tuckers Ohren klang der Name dieser Werbeagentur immer wie der erste Vers eines Kinderabzählreims.

»Und welche Methode?«

»Fellatio.«

Fast hätte Tucker den Schluck guten Scotch herausgeprustet. Als er ihn schließlich doch noch herunterschlucken konnte, sagte er hustend: »Wie bitte?«

»Plunket hat mal wieder eine seiner genialen Eingebungen gehabt. Mein Agent hat mir schon früher einmal einen Job für Plunket beschafft, jedes Mal für ganz verrückte Dinge. Plunket hat dem Peter-Piper-Pickles-Produzenten eine völlig neue Verkaufsmasche für sein Produkt eingeredet – Sex, sagt er, ist ›in‹, egal ob Familienartikel oder nicht.«

»Wie er das begründet, würde mich interessieren.«

»Plunket ist der Meinung, dass nach dem Erwachen des weiblichen Bewusstseins die modernen Hausfrauen immer unzufriedener mit ihren Männern als Bettpartner geworden sind und dass der Sex ihre Gedanken, bewusst oder unbewusst, immer mehr beherrscht. Für diese These kann er Umfragen, soziologische Studien und tonnenweise anderes Material als Beleg anführen. Er hat den Pickles-Produzenten völlig auf seiner Seite. Naheinstellung; Großaufnahme des Gesichts einer Sexbombe, wie sie langsam eine köstliche Peter-Piper-Gurke verzehrt, dazu das übliche Blabla des unsichtbaren Sprechers, das kann gar nicht schief gehen, meint er. Eine Gurke ist ein ausgesprochenes Phallussymbol, weißt du!«

»Ist mir nie aufgefallen.«

»Ist es aber.«

»Und du meinst, die normale Durchschnittshausfrau wird euch auf den Leim gehen?«

Sie zuckte die Achseln. »Die Werbung kommt zunächst nur begrenzt zum Einsatz, nur ein einziger Spot und nur in ausgewählten Testregionen. Erst wenn sich der Erfolg abzeichnet, soll er im ganzen Land gezeigt werden. Ich bekomme also diesmal keine Tantiemen, aber doch ein ganz hübsches einmaliges Honorar für einen einzigen Tag Arbeit.«

Die Tantiemen brachten ihr regelmäßig jede Woche zwischen tausend und zweitausend Dollar ein, so bekannt und beliebt war sie als Werbefigur. Und ihre Einkünfte verdoppelten sich, wenn in einer bestimmten Woche wieder einmal ein Honorar fällig war. Tucker hatte manchmal das Gefühl, dass er seine Verbrecherlaufbahn aufgeben und statt dessen lieber Zahnpasta verhökern sollte.

Er trank sein Glas aus, stand auf und stellte das Glas auf den Tisch. Dann sah er sie an und sagte:

»Hast du Lust zu üben?«

»Üben – was denn?«

»Den Werbespot mit der Gurke, was denn sonst?«

Später, viel später, nachdem sie dies und anderes mehrfach geübt, nachdem sie gut gegessen und erneut geübt hatten und in dem großen Bett zusammen eingeschlafen waren, wachte Tucker mit wild klopfendem Herzen auf. Ein Albtraum, an den er sich nicht mehr erinnern konnte, hatte ihn aufgeweckt, und er streckte die Hand aus und berührte Elises nacktes Hinterteil. Er konzentrierte sich so lange, bis er ihre Umrisse unter den Laken erkennen konnte. Und als ihm endlich klar wurde, dass er nicht allein war, klopfte sein Herz wieder langsamer, sein trockener Mund befeuchtete sich, und die Angst wich. Und dann konnte er sich auch wieder erinnern, worum es in seinem Albtraum gegangen war: um seinen Vater.

7

Selbst für den Präsidenten einer Bank an der Fifth Avenue war das Büro von Mr. Mellio zu überladen: zu viel Teak in der Wandtäfelung, zu viel Teppich auf dem Boden, zu viel Luxus im Mobiliar. Das Bild hinter seinem Schreibtisch war unverkennbar ein echter Klee, und selbst wenn man berücksichtigte, dass es sich wahrscheinlich um eine Leihgabe aus der von der Bank unterstützten Kunstsammlung handelte und nicht eigens für Mr. Mellio erworben worden war, hatte man das Gefühl, dass diese Leute mit dem Geld anderer Leute nicht sehr vorsichtig umgingen, es im Gegenteil zur persönlichen Verherrlichung, für Pomp und unnötigen Luxus zum Fenster hinauswarfen.

Mr. Mellio selbst jedoch widersprach diesem Eindruck so gründlich, dass man den Reichtum des Raumes fast völlig vergessen konnte und bereute, auch nur einen Gedanken an das Schicksal seines Geldes verschwendet zu haben. Er strahlte Vertrauen und Tüchtigkeit aus. Er war groß und breitschultrig, und man hätte sich ihn sehr gut in einem frühen John-Wayne-Film vorstellen können, als einen dieser stummen Cowboys, die mit grimmig-entschlossenem Gesicht im Namen von Gesetz und Ehre hinter dem Hauptdarsteller postiert sind. Er mochte etwa fünfzig Jahre alt sein, und sein Haar war mehr weiß als braun, voll und über die Ohren gekämmt, aber keineswegs nach der Tagesmode. Er schob sein kantiges Kinn vor und bot Tucker die Hand zu einem genau in der Mitte zwischen Watte und Schraubstock liegenden Händedruck. Alles an ihm schien geplant; man hätte meinen können, dass er keinen Atemzug tat, ohne die Notwendigkeit zuvor gründlich erwogen zu haben. Bei allem Prunk des Raumes, in dem er arbeitete, Geld würde bei einem solchen Mann so gut aufgehoben sein wie die Eucharistie in den Händen des Priesters.

»Wie geht es Ihnen denn?«, fragte Mr. Mellio, während er sich hinter seinem gewaltigen, sauber aufgeräumten Schreibtisch niederließ. »Wir haben uns lange nicht gesehen – lassen Sie mich nachdenken …«

»Achteinhalb Monate«, sagte Tucker. »Seit ich Sie und meinen Vater das letzte Mal vor Gericht gesprochen habe.«

Mr. Mellio verzog das Gesicht, lächelte durch seine Zahnkronen und sagte: »Ja, natürlich. Ein unglückseliger Nachmittag.«

»Für mich«, pflichtete Tucker ihm bei.

»Für uns alle, besonders für Ihren Vater«, sagte Mellio. »Wissen Sie, Michael, er grämt sich sehr über diese Auseinandersetzung mit Ihnen. Er empfindet es als äußerst schmerzlich …«

»Mein Vater hat sich noch nie über irgendetwas gegrämt, Mr. Mellio, am wenigsten über seinen Sohn.« Er bemühte sich, es ohne Erregung zu sagen, ruhig und sachlich, so als ob er eine Stelle aus einem Buch ablese, eine unbestreitbare Tatsache. Und er glaubte, es war ihm gelungen.

»Ihr Vater ist sehr besorgt um Sie, Michael, mehr, als Sie es …«

Tucker hob abwehrend die Hand. »Wenn er sich wirklich so sehr um mich sorgt, warum überschreibt er mir dann nicht meine Erbschaft? Es würde mir manches sehr erleichtern.«

Mr. Mellio machte ein betrübtes Gesicht, wie ein liebender Vater, der seinem Kind eine unangenehme Lehre erteilen muss. Er lehnte sich in seinen Stuhl zurück und gab den Blick auf den Klee hinter sich frei. »Im Testament Ihrer Mutter wurde ausdrücklich festgelegt, dass Ihr Vater Ihr Vermögensverwalter bleiben soll, und zwar bis zu dem Zeitpunkt, da Sie über die notwendige Reife verfügen, es in eigene Regie zu übernehmen.«

»Bis zu dem Zeitpunkt, da ich nach seiner Meinung über diese Reife verfüge«, korrigierte Tucker. »Dieses Zugeständnis hat er meiner Mutter auf dem Sterbebett entlockt, zwei Wochen später starb sie.«

»Sie behaupten also, dass Ihr Vater versucht hätte, Ihr Erbteil in seine Kontrolle zu bekommen, um sein eigenes Vermögen zu vergrößern. Das ist angesichts seines beträchtlichen Reichtums einfach absurd.«

»Ich behaupte nichts dergleichen. Er hat mein Erbteil in seine Kontrolle gebracht, um damit *mich* in seine Kontrolle zu bringen. Aber das ist ihm misslungen.«

»Michael ...«, Mellio lehnte sich vor, stützte beide Ellbogen auf den Tisch, nahm das Kinn in die Hände, versuchte sich das Aussehen einer guten Fee zu geben, aber der Versuch misslang kläglich. »Sie könnten zu Ihrem Vater gehen. Sie könnten sich mit ihm aussöhnen. Ich bin überzeugt, dass er Ihnen Ihr Vermögen aushändigen wird, wenn Sie versuchen, die Dinge zwischen Ihnen und ihm zu bereinigen.«

»Kein Gedanke! Vielleicht, wenn ich acht oder zehn Jahre lang treu und brav nach seiner Pfeife tanze. Aber ich habe nicht die Absicht, so viel Zeit für einen korrupten, selbstsüchtigen alten Mann zu vergeuden.«

»Michael, er ist immerhin Ihr Vater!«

Tucker lehnte sich nun mit leicht gerötetem Gesicht ebenfalls vor. »Mr. Mellio, als Kind habe ich meinen Vater im Durchschnitt zweimal in der Woche zu Gesicht bekommen, jedes Mal für eine Stunde. Einmal, wenn ich sonntags zusammen mit den Erwachsenen essen durfte, das andere Mal Mittwoch abends, wenn er die Unterrichtsergebnisse der vorangegangenen Woche aus mir herausquetschte. Ich lernte damals Französisch und Deutsch, noch ehe ich schulpflichtig war, und zwar bei einer Gouvernante, die gleichzeitig als meine Hauslehrerin fungierte, und mein Vater wollte sich vergewissern, ob das Geld, dass er dafür ausgab, auch gut angelegt war. Achtzehn Monate lang, ich war damals zwölf, dreizehn Jahre alt, sah ich meinen Vater überhaupt nicht, weil er seine Geschäfte in Europa ausbaute. Meine höhere Schulbildung genoss ich in einem Internat, das noch weiter von zu Hause entfernt war als meine erste Militärakademie. Meinen Vater sah ich für etwa zwei Stunden zu Weihnachten. Und als ich dann aufs College kam, blieb ich absichtlich von zu Hause fort. Das also ist mein Vater. Herrgott, Mr. Mellio, ich kenne den Mann ja gar nicht!«

Mellio sagte nichts.

»Mir ist schon sehr früh klargeworden, dass ich keinesfalls so werden wollte wie mein Vater. Wenn Geld besitzen bedeutet, dass man es sein Leben lang hüten muss und keine Zeit findet, das Leben zu genießen, dann musste ich eben darauf verzichten.« Er lehnte sich wieder zurück, und seine Stimme nahm einen sanfteren Ton an. »Für mich ist Geld etwas, das man ausgibt. Und als der Alte das merkte, war er entsetzt. Und als ihm klar wurde, dass ich unbelehrbar und allem guten Zureden unzugänglich war, entschloss er sich, diese Klausel in das Testament meiner Mutter aufnehmen zu lassen. Er wollte aus mir einen Reichsgründer machen, wie er selbst einer ist. Aber das Leben ist zu kurz, um es in lauter Aufsichtsratsitzungen zu vergeuden.«

»Wer Geld ausgeben will, muss erst Geld verdienen«, tönte Mr. Mellio, als ob er die Sentenz von einer emaillierten Tafel ablese. »Wie schnell ist ein Vermögen zerronnen, Michael? Selbst eines von der Größe Ihrer Erbschaft – oder gar von der Größe, wie Ihr Vater es besitzt.«

»Meine Mutter hat mir drei Millionen Dollar hinterlassen, plus-minus ein paar Tausend an Kleingeld. Selbst wenn man das für lumpige sechs Prozent in steuerfreie Anleihen investiert, bringt es einhundertundachtzigtausend pro Jahr. Davon könnte ich herrlich leben.«

»Das eben bezweifelt Ihr Vater. Er ist der Meinung, dass Sie auch das Kapital angreifen würden.«

»Das kümmert meinen Vater einen Dreck«, sagte Tucker. »Er will mich eben nur in der Hand haben, um aus mir einen zweiten Konzernherrn zu machen. Irgendwann, in der nächsten Instanz oder in der übernächsten, wird mir das ein Richter bestätigen. Oder glauben Sie, dass er weiterhin jeden Richter, der mit unserem Streit befasst ist, bestechen kann? Irgendwann wird es einen geben, der ehrlich ist, besonders wenn wir demnächst vor die höheren Instanzen kommen.«

Mellio vertauschte die Rolle der guten Fee gegen die des schockierten Bankers, der sich unverantwortlichen Anschuldigungen ausgesetzt sieht. Die Rolle lag ihm noch weniger als die vorige, er spielte sie so wenig überzeugend, wie Elise die Rolle einer schlampigen, überarbeiteten Hausfrau in einem Fernsehspot hätte gestalten können. »Sie wollen doch nicht etwa allen Ernstes behaupten, dass …«

Tucker fiel ihm ins Wort: »Können wir jetzt, bitte, zur Sache kommen?«

Mellio bewegte seine Lippen wie einer, der nach Luft schnappt. Schließlich ließ er den Mund zuklappen und ordnete seine Gedanken. »Michael«, sagte er dann, »unsere Bank führt ein separates Konto über die monatlichen Zuwendungen aus Ihrem Treuhandvermögen. Sie haben diese Zuwendungen seit über drei Jahren nicht in Anspruch genommen. Ich schätze, dass inzwischen siebenunddreißig dieser monatlichen Zahlungen auf dem Konto eingegangen sind, jede in Höhe von zehntausend Dollar. Ich verstehe nicht, warum Sie einen Kredit aufnehmen wollen, wo Sie doch jederzeit über diese Gelder verfügen können.«

»Bitte, Mr. Mellio, räumen Sie mir doch ein ganz bescheidenes Maß an Intelligenz ein«, sagte Tucker. Es klang müde, und er war müde. Diese Wortfechterei lag ihm absolut nicht, und außerdem war er völlig aus der Übung. Ihm ging es darum, so schnell wie möglich mit Mellio, der Bank und der ganzen Stadt fertig zu werden und sich dem dringlichsten seiner Probleme zu widmen – der Befreiung von Merle Bachman aus Baglios Gewahrsam auf dem Berg, und das, noch bevor man die Namen seiner Komplicen aus Bachman herauspresste. »Ich weiß selbstverständlich, dass mein Vater die Auszahlung dieser monatlichen Zuwendungen in die Wege geleitet hat, und ich bin mir durchaus bewusst, was ich verliere, wenn ich die damit verknüpften Bedingungen akzeptiere. Ich habe einen guten Anwalt. Mit ihm habe ich mich über dies alles – und über Sie alle – ausführlich unterhalten.«

Mellio versuchte es noch einmal mit einem schockierten Gesicht, ebenso wenig überzeugend wie vorher. Dann wurde er sehr geschäftlich. »Okay, wenn Sie die Verzichterklärung unterschreiben, um an die monatlichen Zuwendungen heranzukommen, würden Sie damit akzeptieren, dass Ihr Vater Ihr Erbteil verwaltet. Aber was ändert das, Michael? Es ist nichts weiter als eine Formalität. Ihr Vater verwaltet Ihr Vermögen auch so – kraft des Testaments Ihrer Mutter.«

Tucker sah mit einem Seufzer auf seine Uhr: viertel vor neun. Der Klee wurde immer anstrengender für seine Augen, und die dunkle Teaktäfelung rückte drohend immer näher. »Meine Unterschrift für die monatlichen Zuwendungen würde mir jedes Recht nehmen, den Prozess, der nunmehr beim Bundesgericht angelangt ist, weiterzuführen. Und ich würde mich solange ich lebe – oder doch zumindest solange mein Vater lebt – in die Rolle eines Minderjährigen abdrängen lassen.«

»Aber Sie haben selbst gesagt, dass Geld Ihnen nur etwas bedeutet, wenn Sie es ausgeben können«, argumentierte Mellio ruhig. »Auf diese Weise hätten Sie immerhin diesen hübschen Monatsscheck.«

»Ich habe gesagt, dass ich mit hundertachtzigtausend

im Jahr zurechtkäme, mit hundertzwanzigtausend ist das völlig ausgeschlossen. Wenn ich eines von meinem Vater übernommen habe, dann ist es mein teurer Geschmack.«

»Die Zuwendungen ließen sich selbstverständlich erhöhen«, sagte Mellio.

Tucker schüttelte den Kopf. »Darum geht es mir gar nicht. Wenn ich erst die Verzichtserklärung unterschrieben hätte und keinen Ansatzpunkt mehr gegen meinen Vater besäße, würde er mich stärker unter Kontrolle haben, als mir lieb sein kann. Er könnte meine Zuwendungen sogar kürzen oder streichen, bis ich mich ihm unterwerfe und in seine Fußstapfen trete.«

»Das würde er nicht tun«, sagte Mellio.

»Da sind Sie ganz schön auf dem Holzweg«, sagte Tucker höflich lächelnd.

»Sie hassen ihn wohl sehr.«

»Nicht nur das; ich verabscheue ihn.«

»Aber warum?«

»Ich habe meine Gründe.«

Er dachte vor allem an die Frauen, die sich sein Vater gehalten hatte, eine Kette von Mätressen, die er grausamerweise seiner Frau nicht einmal verheimlicht hatte. Im Gegenteil, es schien ihm ein seltsames Vergnügen zu bereiten, mit seinen Ehebrüchen vor ihr zu prahlen. Wenn Mutter nur ein kleines Stück von Elise gehabt hätte, weniger altmodische Ansichten, dafür mehr modernes Feuer, dann hätte sie sich gegen den Alten aufgelehnt; sie hätte ihn verlassen. Stattdessen war sie bei ihm geblieben, unfähig, sich selbst einzugestehen, dass ihr Leben verpfuscht war. Dann der Krebs, das langsame Dahinsiechen im Krankenhaus, und der alte Herr war zu beschäftigt gewesen, sie öfter als eine Stunde in der Woche zu besuchen, und die ganze Zeit hatte sie gewusst, dass es nicht nur finanzielle und geschäftliche Dinge waren, die seine Zeit beanspruchten.

»Ihr Vater ist ein faszinierender Mann und einer der gütigsten, die ich je kennen gelernt habe«, sagte Mr. Mellio. »Ich kann mir nicht vorstellen, dass er Ihnen Grund gegeben haben könnte, ihn zu verabscheuen.«

»Dann kennen Sie ihn eben nicht sehr gut.«

»Ich kenne ihn vielleicht besser als Sie.«

Tucker lächelte eisig. »Wenn man berücksichtigt, dass Sie Bankier sind und mein Vater sich immer schon mehr für Geld als für seinen Sohn interessiert hat, könnten Sie sogar Recht haben.«

Zum ersten Mal war es, als ob der Bankier Tuckers Fassade durchschaut und etwas von dem wirklichen Mann dahinter erspäht haben könnte. Er senkte den Blick rasch auf die Schreibtischplatte, als habe ihn das, was er gesehen hatte, erschreckt.

»Über welchen Betrag hatten Sie sich den Kredit gedacht?«, fragte er.

»Nur zehntausend«, antwortete Tucker. »Um eine vorübergehende Lücke im Betriebskapital zu schließen.«

»Sicherheiten sind vorhanden?«, fragte Mellio. Die Wendung des Gesprächs, das er so oder ähnlich sicher schon tausendmal mit tausend anderen Kunden geführt hatte, gab ihm neuen Mut.

»Mein Erbe«, sagte Tucker.

»Aber Sie sind, streng genommen, nicht berechtigt, die Gelder aus Ihrem Treuhandvermögen als Sicherheit aufzubieten. Das kann nur der Vermögensverwalter.«

»Mein Vater also.«

»Ja.«

»Wie wäre es dann mit den von mir nicht beanspruchten monatlichen Zuwendungen?«

»Dafür gilt dasselbe«, sagte Mellio. »Solange Sie Ihre Unterschrift verweigern, gehört das Konto laut Gesetz nicht Ihnen.«

Tucker spürte, dass er diesen Kampf – eine Frage des

stärkeren Willens – gewinnen musste. »Was würden Sie mir dann vorschlagen?«

»Nun, allem Anschein nach betreiben Sie doch ein sehr einträgliches Geschäft. Sie leben, auch ohne Ihre Erbschaft anzutasten, in einem aufwendigen Stil, Sie müssen also noch über andere Vermögenswerte verfügen.«

»Vergessen wir das«, sagte Tucker.

Mellio lehnte sich weit in seinen Stuhl zurück und musterte Tucker aus der ungewöhnlichen Perspektive über sein erhobenes Knie. Es war nicht zu übersehen, dass er sich wieder ganz als Herr der Lage empfand. »Nun, Michael, ich verstehe Ihre Haltung nicht. Wenn ich mir ein genaues, vollständiges Bild von Ihrem Kunsthandelsgeschäft machen könnte – Anfangskapital, geschätztes Einkommen, Bezugsquellen und Zukunftspläne –, so würden wir Ihnen den gewünschten Kredit gewähren. Ihr bisheriger Geschäftserfolg würde uns das Recht dazu geben. Und wenn ich auch das noch sagen darf: Wenn Sie Ihrem Vater schildern, was Sie bisher erreicht haben, dann könnte es doch sein, dass er von Ihrem Geschäftssinn so beeindruckt ist, dass er Ihr Erbe freigibt.«

»Ausgeschlossen«, sagte Tucker. »Meine Geschäfte spielen sich nicht auf der von meinem Vater erstrebten Ebene ab, sie sind äußerst unberechenbar und zuweilen höchst riskant. Ich nehme nicht an Aufsichtsratsitzungen teil, ich treibe keine Börsenspekulationen, und ich beschäftige nicht gleich Tausende von Angestellten. Mein Vater würde kaum so beeindruckt sein, dass er mir freie Hand mit meinem Erbschaftsvermögen lässt.«

Mellios Stimme wurde so sanft, dass sie von falscher Sentimentalität triefte. »Vielleicht könnten Sie ihn wenigstens über die Art Ihrer Geschäfte aufklären, ihm von Ihren stolzesten Erfolgen erzählen, gewissermaßen als Geste des Sohnes seinem Vater gegenüber. Glauben

Sie mir, auch er ist stolz auf Ihren offensichtlichen Erfolg im Leben. Aber er ist andererseits auch viel zu stolz, um von sich aus zu kommen und Sie danach zu fragen.«

Tucker grinste kopfschüttelnd. »Sie sind noch immer auf dem Holzweg, Mr. Mellio. Sie wissen doch genau, wie oft mir mein Vater Privatdetektive auf die Spur gesetzt hat, um herauszufinden, mit welchen Händlern ich arbeite, welche Preise ich für bestimmte Objekte erziele und mit welchem Gewinn ich zu arbeiten pflege. Zu seinem Bedauern bin ich stets klüger gewesen als seine Schnüffler; ich habe sie jedes Mal von Anfang an erkannt.«

»Ihr Vater würde Sie niemals beobachten lassen, Michael«, sagte Mellio mit einem Seufzer. »Aber gut, lassen wir das! Ihr Geschäft kommt also als Sicherheit nicht in Frage. Können Sie unserer Bank irgendwelche anderen Sicherheiten für die gewünschten zehntausend Dollar bieten?«

»Meine Möbel, mein Auto, ein paar Kunstgegenstände.«

»Leider unzureichend.«

»Ich besitze ein paar sehr wertvolle Stücke.«

»Wissen Sie, Kunst kann heute ein Vermögen wert sein, morgen gar nichts. Kritiker und Kunstkenner sind in ihrer Einschätzung von Talent und Begabung sehr wankelmütig.«

»Und Ihre Bank befasst sich mit solchen unsoliden Investitionen?«, fragte Tucker mit gespielter Unschuld und deutete auf den Klee an der Wand.

Mellio sagte nichts.

»Was ich meine«, fuhr Tucker fort, »sind nicht Gemälde, sondern Objekte primitiver Kunst, die sowohl als Antiquitäten als auch als Kunstgegenstände ihren Wert haben.«

»Ich müsste den Wert dieser Objekte schätzen lassen«, sagte Mellio. »Das kann eine Woche oder länger dauern.«

»Ich könnte Sie an einen angesehenen Prüfer verweisen, der den Wert in einer halben Stunde bestätigen würde.«

»Aber wir würden unserem eigenen Prüfer den Vorzug geben, und das dauert eine Woche.«

»Herrgott!«, sagte Tucker. »Ich kann schlecht Ihre nächste Aktionärsversammlung abwarten, um die Leute darauf hinzuweisen, wie Sie das Geld für Klees und anderen Klimbim zum Fenster hinauswerfen. Sie haben selbst zugegeben ...«

»Seien Sie nicht kindisch!«, sagte Mellio.

»Und seien *Sie* bitte nicht unredlich, Mr. Mellio! Ich weiß genau, dass Sie von meinem Vater Anweisung haben, mir den Kredit unter allen Umständen zu verweigern und mich zum Unterschreiben der Verzichterklärung zu zwingen. Aber es kann Ihnen wohl kaum entgangen sein, dass Sie mir mit der Verweigerung des gewünschten Kredits einen weiteren Grund für eine Klage gegen Sie, die Bank und den Vermögensverwalter an die Hand geben. Ich verlange den Kredit sofort. Kein Richter wird Ihnen abnehmen, dass Sie ernsthaft um den Verlust des mir gewährten Kredits bangen mussten. Es wird allen endgültig klar sein, dass Ihre Weigerung nichts ist als ein rachsüchtiges Taktieren.«

Mellio richtete sich auf und streckte die Hand nach der Sprechanlage aus. Zu Tucker sagte er: »Aber ich brauche wenigstens eine unterschriebene Erklärung von Ihnen.«

»Wenn ich nichts gegen den Wortlaut der Erklärung einzuwenden habe«, sagte Tucker.

»Selbstverständlich.«

Mellio wies seine Sekretärin an, die gewünschten Kreditformulare vorzubereiten, obwohl er sein Unbehagen über den Ausgang der Verhandlungen nicht verbergen konnte.

»Ich wünsche das Geld in bar«, sagte Tucker. »Die Beträge der einzelnen Scheine nenne ich Ihnen dann.«

»In bar?« Mellio runzelte die Stirn.

»Ja. Ich befürchte nämlich, dass ein Scheck von Ihnen platzen könnte.«

8

Um halb zehn, vier Häuserblocks von der Bank entfernt, die zehntausend Dollar in einer schmalen Aktenmappe, führte Michael Tucker drei kurze Gespräche aus einer Telefonzelle in einem Warenhaus – das erste mit einer Nummer in Queens, das zweite mit einer Nummer weit draußen auf Long Island und das dritte mit Jimmy Shirillo in Pittsburgh. Nachdem er sich so vergewissert hatte, dass alles zu seiner Zufriedenheit lief, winkte er ein Taxi herbei und ließ sich zwei Straßen vor der Adresse in Queens absetzen. Er sah das Taxi im dichten Verkehr davonfahren und ging den Rest des Weges zu Fuß. Vielleicht war es eine unnötige Vorsichtsmaßnahme – der Chauffeur würde wahrscheinlich ein jederzeit überprüfbares Fahrtenbuch führen –, aber er hatte sich an die Privatdetektive, die sich im Auftrag seines Vaters an seine Fersen hefteten, gewöhnt, und diese kleine Unannehmlichkeit machte ihm nichts aus. Niemand folgte ihm auf dem kurzen Stück Weges zu Imries Ladenlokal.

Imries Laden befand sich im Parterre eines dreistöckigen Backsteinbaus in einer ruhigen Seitenstraße in Queens. Die Inschrift auf der Glastür lautete: ANTIQUITÄTEN UND GEBRAUCHTMÖBEL. Bei Tuckers Eintritt ertönte weit hinten, zwischen den Stapeln von

Stühlen, Tischen, Regalen, Lampen, Betten und sonstigem Krimskrams, ein lauter Summer. Wie von dem schrillen Geräusch vorwärtsgetrieben, watschelte eine Gestalt durch einen dunklen Gang zwischen Stapeln von Stühlen und Bilderrahmen, die nicht nur antik, sondern auch gebraucht waren, heran – Imrie.

Er sagte: »Ich will mich nur rasch um die Tür kümmern, dann stehe ich sofort zur Verfügung«, und kümmerte sich um die Tür.

Imrie war Anfang fünfzig, kahl bis auf einen Kranz aus grauen Locken, die die Glätte des Schädels noch stärker hervortreten ließen, wie bei einem mittelalterlichen Ordensbruder. Er war höchstens eins fünfundsechzig groß, wog dabei aber gut zweihundert Pfund. Obwohl sein Laden aussah wie eine Stadt in Florida nach einer Hurrikankatastrophe und obwohl der Stil seiner Kleidung allenfalls als bequem bezeichnet werden konnte, hielt er auf seinem Spezialgebiet auf peinliche Ordnung.

»Gehen wir hinauf«, sagte er, während er an Tucker vorbei in das Gewirr aus alten Möbeln verschwand.

Aus dem hinteren Teil des Ladens führte hinter einem gelben Vorhang eine schmale Holztreppe nach oben. Sie passierten Imries Wohnung im ersten Stock und gelangten zum zweiten und letzten Stock, wo er seine Waffenkollektion aufbewahrte. Auf nackten Stellagen und in samtgefütterten Schubladen oder in noch nicht ausgepackten Pappkartons gab es hier über tausend Gewehre, Büchsen und Pistolen, besonders letztere in überwältigender Vielzahl. Im selben Raum, an der hinteren Wand, befand sich eine Werkstatt mit einer Reihe metallbearbeitender Maschinen, einem kleinen gasbetriebenen Schmiedeofen samt Kühlkessel, wo Metalle geschmolzen und geformt werden konnten.

»Ich glaube, ich habe genau, was Sie brauchen«, sagte Imrie. Hier, umgeben von seinen Waffen, lebte er auf. Seine Augen wurden größer und leuchtender und sprangen von einem Gegenstand zum andern, und er achtete genau auf Tuckers Reaktion, auf alles, was er ihm sagte und zeigte.

Sie standen vor einem Bücherschrank, der die Hälfte der Wand neben der Tür einnahm, und Imrie lugte verlegen unter seinen buschigen Brauen hervor. »Ich hoffe, Mr. Tucker, Sie nehmen mir das bisschen Fernsehdramatik nicht übel.«

»Natürlich nicht«, sagte Tucker. Er hatte schon neunmal mit Imrie verhandelt. Dreimal hatte Imrie in seiner Gegenwart das Geheimkabinett geöffnet – ein Zeichen des Vertrauens gegenüber guten Kunden –, und jedes Mal hatte er sich für seine Geheimnistuerei entschuldigt.

»Man kann heutzutage nicht vorsichtig genug sein.« Imrie räumte mit beiden Händen ein paar dicke Gedichtbände vom fünften Regal und gab sie dem geduldig wartenden Tucker. »Es ist noch gar nicht so lange her, da konnte man alles offen herumliegen lassen. Wenn ich bestimmte Änderungen an einer Waffe vornehmen musste und mich zwischendurch die Müdigkeit überfiel, habe ich alles hier auf der Werkbank gelassen und kurz ein Nickerchen gemacht, verstehen Sie?« Tucker nickte verstehend. »Aber heute kann man das nicht mehr riskieren. Dieses ganze Geschrei in der Öffentlichkeit für ein allgemeines Waffenverbot setzt die Polizei, und damit auch mich, unter Druck. Wenn man sich diese Waffengegner anhört, könnte man meinen, es gebe gar keine Pistole, die nicht für irgendein Verbrechen benutzt würde. Aber sehen Sie sich doch mal hier in dieser Werkstatt um. Ich habe an die zwölf-, dreizehnhundert Handfeuerwaffen hier, und wie viele werde ich wohl an Spezialkunden wie Sie verkaufen? Dreißig? Vierzig? Mehr auf keinen Fall.« Er räusperte sich verächtlich, schob einen Schlüssel in das hinter den Büchern verborgene Schloss und öffnete es. Er trat zur Seite und schwenkte den Schrank herum, betrat einen kleinen Raum, etwa viermal so groß wie er selbst, zog an einer Kette, und eine Vierzigwattbirne leuchtete auf. Dann suchte er den gewünschten Pappkarton heraus, löschte das Licht und kam wieder in den Hauptraum zurück. Er stellte den Karton ab, schloss das Geheimkabinett zu, nahm Tucker die Gedichtbände aus den Händen und stellte sie wieder auf das Regal. »Komme mir vor wie ein Verbrecher«, knurrte er. Es hörte sich an, als suche er jemanden zum Anspucken.

An der Werkbank zeigte er Tucker, was er für ihn hatte. »Drei Luger, Spezialanfertigung für die portugiesische Nationalgarde, alle in ausgezeichnetem Zustand.«

»Nachbildungen?«

Imrie machte ein beleidigtes Gesicht. »Echt, darauf gebe ich mein Wort. Natürlich wäre eine gute Nachbildung ausreichend für Ihre Zwecke. Aber diese hier sind echt, Typ 1906 mit Läufen von vierdreiviertel Zoll.«

»Kaliber 7,65 mm?«

»Ja.«

Tucker betrachtete die ungeladene Pistole genauer.

»Sehen Sie?«, fragte Imrie.

»Was ist mit Schalldämpfern?« Tucker rieb mit dem Daumen über die Einschnitte am Rand des Laufs.

Imrie nahm drei glänzende Zylinder aus dem Karton, gab Tucker einen davon. »Arbeiten garantiert störungsfrei.«

»Natürlich.« Tucker setzte den Schalldämpfer auf und verlängerte so den Lauf um fast elf Zoll. Das Ergebnis wirkte ebenso albern wie tödlich. »Munition? Magazine?«

Imrie nahm das Gewünschte aus dem Karton und legte es auf den Tisch. Er beobachtete Tucker, wie er die anderen Pistolen mit Schalldämpfern versah, sie lud, in der Hand wog und sämtliche Handgriffe durchexerzierte, natürlich ohne zu schießen. Imrie war keineswegs beleidigt von dieser gründlichen Prüfung, denn er wusste, dass Tucker nicht seine Vertrauenswürdigkeit bezweifelte, sondern lediglich alle Vorsichtsmaßnahmen traf. In Wirklichkeit bewunderte er sogar den Sachverstand des anderen.

Tucker zerlegte die Pistolen und sagte: »Wie viel?«

»Sie verstehen, dass eine Luger Spezial ein Sammlerobjekt ist?«

»Selbst mit einem Schalldämpfer versehen?«, fragte Tucker.

»Auch dann.«

»Wie viel also?«

»Ich selbst habe vierhundertfünfzig Dollar für das Stück bezahlt, tausenddreihundertfünfzig insgesamt, der gegenwärtige Marktpreis.« Tucker wußte, dass Imrie die Waffen nicht von einem anderen Sammler erstanden hatte, sondern aus verschiedenen ahnungslosen Quellen, vermutlich für nicht mehr als fünfzig oder hundert Dollar pro Stück. Aber er sagte nichts. Sollte Imrie ruhig so viel aufschlagen, wie ihm seiner Meinung nach zustand. »Ich habe sie wieder in gebrauchsfertigen Zustand versetzt, die Munition beschafft – eine Menge Munition übrigens –, die Schalldämpfer angepasst, ein kompliziertes und zeitraubendes Stück Arbeit ...«

»Wie viel?«, fiel Tucker ihm ins Wort.

Imries Augen gingen von Tuckers Gesicht zu den Waffen, wieder zu Tuckers Gesicht; er wusste, dass Tucker in Eile war, und vielleicht veranlasste ihn das zu einer leichten Anhebung des Preises. »Zweitausendzweihundert für die drei.«

»Zweitausend«, sagte Tucker.

»Hinzu kommt, dass diese Waffen ursprünglich für

einen anderen Herrn bestimmt waren, auf Vorbestellung. Er wird sie in zwei Tagen abholen kommen. Um ihn nicht zu enttäuschen, werde ich meinen Laden schließen und 36 Stunden arbeiten müssen ...«

Tucker unterbrach ihn erneut. »Unwahrscheinlich. Wir beide wissen doch genau, dass Sie stets etwas auf Vorrat arbeiten. Deshalb haben Sie doch dieses Geheimkabinett. Vermutlich verwahren Sie dort noch zwei ähnliche, vielleicht keine Luger, aber sicher genauso brauchbar wie diese.«

»Also, ich muss schon sagen ...«, jammerte Imrie.

»Zweitausend.«

»Sie brauchen eine Tasche, um sie hier herauszuschaffen.«

»Ja.«

»Zweitausend für die Pistolen, fünfundzwanzig für die Aktentasche.«

Tucker lächelte. »Sie sind unglaublich!«

»Die jüngste Rezession hat dem Antiquitätengeschäft einen schweren Schlag versetzt, Sie haben sicher in den Zeitungen davon gelesen.« Er streckte seine Hände weit von sich. »Was soll ich machen?«

Tucker zählte das Geld, während Imrie Pistolen, Schalldämpfer und Munition in eine perlgraue Aktentasche mit Stahlgriff packte. Er ließ das Schloss zuschnappen und überreichte Tucker zwei Schlüssel gegen den genau abgezählten Barbetrag.

»Sie werden zufrieden sein«, sagte Imrie.

»Das hoffe ich.«

»Bis zum nächsten Mal dann.«

»Bis zum nächsten Mal.«

Imrie führte ihn die Treppe hinunter, durch den Laden, zur Tür. Tucker trat wortlos auf die Straße hinaus.

Es war Mittwoch vormittag, 11 Uhr 06.

9

Der kleine Flugplatz auf Long Island, von dem aus Paul Norton und Nick Simonsen ihr Geschäft – ›Luftfrachten aller Art‹ – betrieben, hatte zwei asphaltierte Landebahnen, die eine neu und eben, die andere rissig und zerfressen und mit einem Katzenbuckel im Mittelteil. Beide Bahnen waren in Betrieb. Die drei Gebäude – ein Lagerhaus, ein Hangar und eine Kombination aus Büroteil und Flugzeughalle – hatten schon bessere Tage gesehen. Das Wellblechdach war fast durchgerostet, und die Wände brauchten dringend einen neuen Anstrich. Tucker bezahlte den Taxifahrer, legte ein großzügiges Trinkgeld zu für die Fahrt zu diesem abgelegenen Ort, von dem mit einer Rückfuhre kaum zu rechnen war, und ging in das nächste Gebäude, in dem sich Nortons Büro befand.

Norton saß hinter einem altersschwachen, kurz vor dem Zusammenbruch stehenden Schreibtisch, die Stiefel auf der mit Notizen übersäten Schreibunterlage. Norton war groß und schwer, eine Handbreit größer und sechzig Pfund schwerer als Tucker. Sein Gesicht war breit und flach, seit er sich beim Einsatz in Vietnam die Nase eingedrückt und die Backen mit Narben zerschunden hatte. Tucker hatte nie von ihm erfahren, wie und wobei das geschehen war oder ob die Verletzungen allesamt aus derselben Quelle stammten. Mit erheblichem Kostenaufwand hätte ein sehr guter Schönheitschirurg ihm vielleicht eine neue Nase verpassen können, aber auch das würde seine äußere Erscheinung nicht spürbar verbessert haben, solange nichts gegen die weißen Narben auf beiden Wangen unternommen wurde. Trotz der Entstellungen im Gesicht war Norton nicht übermäßig hässlich zu nennen – nur: Verdammt bösartig sah er eben doch aus.

Wenn er sprach, verschob sich der Eindruck, den

man von ihm hatte, wie die bunten Glassteinchen in einem Kaleidoskop. Die Stimme war weich, der Ton ruhig, die Worte gemessen und warm. Die Stimme eines Mannes, der zu viel gesehen und zu viele schmerzhafte Erfahrungen hinter sich hatte, die Stimme eines Mannes, der niemandem mehr ein Leid zufügen, geschweige denn ihn töten mochte. »Ein Bier?«, fragte er.

»So früh am Tag?«

»Es ist Mittag vorbei«, stellte Norton fest, indem er die Füße vom Tisch nahm. Er stand auf und ging mit federnden Schritten zu dem alten Kühlschrank in einer Ecke des Büros. Er nahm zwei Flaschen Bier heraus, öffnete sie und stellte sie ohne Gläser auf den Tisch.

Tucker nahm auf dem Besucherstuhl Platz, beide Aktentaschen neben sich.

Norton beachtete die beiden Taschen mit keinem Blick. Wenn ihn der Inhalt etwas anginge, würde Tucker es ihm schon sagen. Vietnam hatte aus ihm nicht nur einen sehr sanften, sondern auch einen extrem vorsichtigen Menschen gemacht.

»Ballantine's India Pale Ale«, sagte Norton und hob seine Flasche. »Ich habe alles durchprobiert, dies ist das Einzige, das mir zusagt.« Er trank die Flasche in einem langen Zug zu einem Drittel aus, und sein Adamsapfel hüpfte auf und ab wie ein Dingi in einem schweren Taifun.

Tucker nippte nur an seinem Bier, schloss sich Nortons Urteil an und sagte: »Ich brauche einen Chauffeur.«

»Das sagten Sie schon am Telefon.«

»Ist der Helikopter fertig?«

»Das war nur ein paar Minuten Arbeit.«

»Tüchtig, tüchtig.«

»Mein Firmenzeichen.«

Tucker trank einen Schluck Bier und stellte die Flasche mit einem wohligen Seufzer ab. Er nahm die leichtere der beiden Aktentaschen auf die Knie und ließ die Schlösser aufschnappen. »Um Ihren Preis festzusetzen, brauche ich Ihnen nur den Bestimmungsort zu nennen: Pittsburgh. Außerdem müssen Sie wissen, wie lange ich Sie brauchen werde – es kann bis morgen Mittag dauern oder auch nur bis heute Nacht. Ihr Beitrag zur Sache beschränkt sich auf die Änderung der Hubschrauberkennzeichen. Es ist unwahrscheinlich, dass der FAA davon etwas zu Ohren kommt, und außerdem sind Sie solche kleinen Risiken ja gewohnt.«

»Richtig«, pflichtete Norton ihm bei. »Aber Sie vergessen, dass ich nach dem Gesetz der Beihilfeleistung zu allem, was Sie vorhaben, schuldig werde. Verstehen Sie mich nicht falsch, Mike, ich will gar nicht wissen, worum es geht. Ich möchte nur darauf hinweisen, dass ich das Risiko einer Strafverfolgung eingehe.«

»Unsere Operation richtet sich gegen niemanden, dem die Polizei mit besonderem Eifer zu Hilfe eilen würde«, sagte Tucker.

Norton hob die Brauen, nahm sein Bier und trank ein weiteres Drittel in einem Zug.

»Auch das sollten Sie berücksichtigen. Es geht gegen einen Mann namens Baglio, gegen seine ganze Maschinerie.«

»Organisiert?«

»Nennen wir ihn einen Unternehmer.«

»Erfolgreich?«

»Sehr.«

Norton überlegte einen Moment, während seine Finger unbewusst an den drei langen weißen Narben auf seiner rechten Wangen kratzten. »Dreitausend – wie finden Sie das?«

Tucker zahlte ohne Widerworte und schloss die Mappe wieder. Der Preis war angesichts dessen, was er von Norton und seiner Maschine verlangen würde, gerecht.

Norton legte das Geld in die Schließkassette im untersten Fach eines Aktenschrankes hinter dem Schreibtisch, schloss die Kassette und das Fach ab, steckte die Schlüssel ein und kam zum Schreibtisch zurück.

»Jemand könnte den ganzen Schrank abtransportieren«, sagte Tucker.

»Er ist mit dem Boden verschraubt.«

Sie tranken ihr Bier schweigend aus, dann sagte Norton: »Sind Sie bereit?«

»Ja.«

Sie verließen das Büro und gingen in die Flugzeughalle im gleichen Gebäude, wo sich ein grauer Hubschrauber auf einer Abschlepplafette befand. Es war derselbe viersitzige Quadra-Prop, den Norton schon zweimal für Tucker zum Einsatz gebracht hatte, nur waren die ursprünglichen Kennzeichen geschickt mit farbigem Klebeband unkenntlich gemacht worden. Neue Ziffern aus dem gleichen Material prangten auf beiden Seiten und am Bug. Das Staatswappen von Pennsylvania – zwei sich aufbäumende Pferde – zierte beide Türen des Helikopters, darunter, in weißen Buchstaben, die Worte: PENNSYLVANIA STATE POLICE. Das alles wirkte sehr echt. Musste es auch, denn die Insignien waren haargenaue Kopien der von den Behörden benutzten. Norton bekam sie von einem Freund, der tagsüber für eine Werbeagentur und nachts für eigene Rechnung arbeitete. Dieser Mann hatte Norton bisher neun verschiedene Staatswappen besorgt, obwohl Tuckers Arbeitsgebiet bisher noch nicht so viele verschiedene Staaten umfasste. Norton hatte noch andere Kunden.

»Gut?«, fragte Norton.

»Sehr gut«, sagte Tucker.

Die Lafette war bereits an einen Golfwagen gehängt. Norton stieg ein und schleppte den Hubschrauber langsam nach draußen. Dort hängte er ihn ab, fuhr den Golfwagen in die Halle zurück, und dann stiegen sie beide in den Hubschrauber.

»Haben Sie die Kleider zum Umziehen auch nicht vergessen?«, fragte Tucker.

»Ich habe gleich nach Ihrem Anruf gepackt.«

»Gut.«

»Noch ehe ich den Hubschrauber verarztet habe.«

»Sehr gut.«

Ein paar Minuten später rollten sie auf die löchrige Startbahn. Sie saßen beide auf den Vordersitzen, die Rücksitze hinter ihnen waren nach vorn geklappt und bildeten so einen großen Frachtraum. Die meisten Transporte erledigte die Firma Paulnick-Luftfrachten mit einer ihrer beiden zweimotorigen Apache-Maschinen, obwohl das dicht verbaute Gebiet von New York mangels Landebahnen oft genug den Hubschraubereinsatz erforderte. Außerdem war der Hubschrauber, dank Tucker und ähnlicher Kunden, der lukrativste Bestandteil des Unternehmens.

Als sie sich in den Nachmittagshimmel erhoben, fragte sich Tucker, wo Simonsen wohl stecken mochte. Simonsen behauptete, nichts von Nortons leichtfertigem Umgang mit dem Gesetz zu wissen. Er selbst beteiligte sich an keinem der illegitimen Aufträge, aber Norton wußte, dass er insgeheim hinter dem Fenster stand und die Vorgänge um solche Geheimaufträge neidisch beobachtete. Auch jetzt würde er irgendwo da unten sein, ein wenig eifersüchtig, aber auch ein wenig ängstlich, und ihnen nachschauen.

Dann schwenkten sie nach Westen, zur Stadt hin ab, und der Flugplatz und die Hangars gerieten außer Sicht.

Um 14 Uhr 12 begann der Hubschrauber, mit zusätzlichen Brennstofftanks versehen, den längsten Abschnitt des Flugs.

Tucker fragte sich, ob Baglio wohl schon Gelegenheit

gehabt hätte, Merle Bachman ins Verhör zu nehmen. Bachman war jetzt schon über einen vollen Tag in diesem Haus. Falls er nicht allzu schwer verletzt war, hätte Baglio also genügend Zeit gehabt, alles, was er über Tucker und die anderen wußte, aus ihm herauszuholen.

Norton hatte irgendetwas gesagt, das Tucker, in Gedanken versunken, nicht mitbekommen hatte.

»Was?«, fragte er.

»Ich sagte: Wieder ganz hübsche Luftverpestung heute.«

Norton zeigte auf den gelbweißen Nebel, der sich über alle Stadtviertel erhob. Seine Armbewegung deutete auf den abstoßenden Anblick wie die eines Fremdenführers, der seinen Touristen den unübertrefflichen Glanz der Niagarafälle darbietet.

»Wunderschön.«

»Das wird ein herrlicher Sonnenuntergang.«

»Herrlich.«

»Schade, dass wir ihn nicht sehen können.«

»Schade.«

Aber Tucker hatte keine Lust, lange über Sonnenuntergänge und Luftverschmutzung nachzudenken.

Vielleicht würden Baglios Leute den Namen Tucker nur bis zu der Postanschrift in Manhattan verfolgen können. Kontakte hatten sie, ja, natürlich, aber allwissend waren sie auch nicht.

Und doch, selbst wenn sie so weit und nicht weiter kämen, würde er seine Identität als Tucker ablegen, einen neuen Namen annehmen, neue Papiere auf diesen Namen kaufen und jedem aus dem Weg gehen müssen, der ihn bisher als Tucker gekannt hatte.

Das würde neue Kosten und eine Zeit relativer Untätigkeit verursachen – ein Scheißspiel, um es einmal vulgär zu sagen.

Außerdem konnte er nicht damit rechnen, dass ihm eine Namensänderung Sicherheit für lange Zeit verschaffen würde. Früher oder später würde er einem alten Bekannten begegnen, der ihn als Tucker gekannt hatte. Dann wäre ein neuer Name fällig – dann ein dritter, ein vierter und so weiter.

Ein Ende war nicht abzusehen.

Da war es schon besser, man redete sich ein, dass Bachman noch nicht zum Reden gebracht worden war. Wenn Baglio in den nächsten zwölf Stunden nichts aus Bachman herausbekäme, hätten sie es alle so gut wie geschafft.

10

Tucker warf einen Blick auf die Karte auf seinen Knien, dann durch die Frontscheibe des Hubschraubers. Norton flog schräg auf die Straße unter ihnen zu, und Tucker rief: »Da! Das ist die Straße, die an der Abzweigung zu Baglios Haus vorbeiführt! Und das Haus liegt in dieser Richtung, drüben zwischen den Berghängen. Wenn das stimmt, muss die Abzweigung genau vor uns sein.«

So war es.

»Saubere Arbeit!«, rief er Norton grinsend zu.

Vielleicht hätte er nicht ganz so laut zu schreien brauchen, denn die Kabine war gegen das Dröhnen des Rotors ziemlich gut isoliert. Aber nach mehreren Stunden Flug unter ständigem Lärm summten seine Ohren wie ein Bienenkorb an einem Frühlingsmorgen, und wenn er schrie, dann um sich selbst zu hören.

Norton nickte. »Ist die Stelle da vorn zum Landen geeignet?« Er zeigte über die Straße hinweg zu einer Stelle, die Baglios Zufahrt fast direkt gegenüberlag. Etwa tausend Yards neben dem Straßenrand war das Waldland durch eine grasbewachsene Lichtung unterbrochen.

»Warum nicht?«, sagte Tucker.

Fünf Minuten später waren sie am Boden. Norton stellte den Motor ab, und die Rotorblätter stotterten langsam aus. Die Bienen flogen aus Tuckers Ohren aus, das betäubende Summen verschwand, und er konnte wieder hören.

»Und jetzt?«, fragte Norton.

»Jetzt warten Sie hier, während ich einen Kollegen anrufe«, sagte Tucker. Er machte sich von den Sitz- und Schultergurten frei, die sich tief in sein Fleisch geschnitten hatten.

Norton streckte die langen Beine, so gut es ging, in die Aussparungen unter dem Armaturenbord und ließ den Blick über die Nadelbäume ringsum schweifen. »Ich weiß zwar, dass Sie ein ausgezeichneter Organisator sind, Mike. Weiß Gott, ich habe zwei Ihrer Unternehmungen in vorderster Front mitgemacht, und ich konnte sehen, wie clever das alles geplant war, ohne dass ich wußte, worum es ging. Aber dass Sie eine eigene Telefonleitung in diese Wälder gelegt haben, nur um eventuell jemanden anrufen zu können, das glaube ich Ihnen nicht.«

Tucker lächelte. »Keine eigene Leitung, nein. Aber nicht weit von hier ist ein Rastplatz an der Autostraße, und da ist eine Telefonzelle. Warten Sie, bis ich zurück bin!«

Er stieß die schwere Tür auf, sprang hinaus und schlug die Tür wieder zu. Eine Viertelstunde später sprach er aus der Telefonzelle auf dem Autorastplatz. Eine Stunde später fuhr Jimmy Shirillo mit seinem roten Corvette auf den Rastplatz und stieg lächelnd aus.

Hinter ihm kletterte ein anderer Mann aus dem niedrigen Sportwagen. Er war mindestens zwanzig Jahre älter als Tucker, ungefähr in Pete Harris' Alter, aber schlank und fast zerbrechlich aussehend wie Shirillo, jedenfalls ganz anders als der bärenhafte Harris. Er trug eine schwere Hornbrille mit dicken Linsen, das Haar aus der Stirn zurückgekämmt, und sah, oberhalb der Schultern, aus wie ein Schulmeister aus der Zeit um die Jahrhundertwende. Von den Schultern abwärts ähnelte er eher einem Hippie, ausgestellte Bluejeans, zerknittertes blaues Arbeitshemd mit aufgekrempelten Ärmeln. Er lächelte Tucker flüchtig zu, beugte sich in den Sportwagen zurück, um seine Ausrüstung hervorzuholen – eine lederne Schultertasche und einen kleinen Metallkoffer.

Shirillo stellte ihn vor – Ken Willis, Fotograf –, und sie gaben sich die Hand. Willis' Händedruck war teilnahmslos, als ob Formalitäten dieser Art nur Zeitverschwendung wären. Aus der Nähe sah Tucker eine Ungeduld in ihm, einen Drang zu ständiger Betätigung, der seinem eigenen verblüffend ähnlich war.

»Wissen Sie, was wir von Ihnen wollen?«, fragte er Willis.

»Jimmy hat mir das meiste schon gesagt.«

Zu Shirillo sagte Tucker: »Kannst du ihm vertrauen?«

»Natürlich. Er ist mein Onkel, mütterlicherseits, angeheiratet.«

»Was das betrifft«, sagte Willis, »so wüßte ich überhaupt nicht, an wen ich mich wenden sollte, wenn ich euch verpfeifen wollte. Ich mache hauptsächlich Hochzeitsfotos und nebenbei manchmal Nacktfotos für Männermagazine.«

»Na gut«, sagte Tucker. »Bis zum Hubschrauber sind es fünfzehn Minuten zu Fuß. Jimmy, du bleibst mit dem Wagen hier, bis wir zurückkommen. Du kannst ja so tun, als wärst du müde, falls ein Polyp anhält und fragt, warum du dich hier herumtreibst. Wir sind vor Einbruch der Dunkelheit zurück, hoffe ich.«

Shirillo ging zum Wagen.

Tucker nahm Willis' schweren Metallkoffer und sagte: »Über die Straße zur anderen Seite. Aber wir warten, bis kein Auto in Sicht ist. Wir wollen schließlich niemand unnötig neugierig machen.«

Die große, rote Sommersonne berührte schon den Berg, auf dem Baglios Villa thronte, streichelte mit leuchtenden Fingern über die Kammlinie und sank langsam außer Sicht. Bis zur völligen Dunkelheit würde noch eine Stunde vergehen, aber sie mussten sich sputen, wenn sie alles, was sie sich vorgenommen hatten, erledigen wollten. Norton flog sie über das Dach des großen weißen Hauses hinweg, zehn, zwölf Yards oberhalb der Fernsehantenne, ließ sich nach rechts abkippen, als sie das Ende des Rasens erreicht hatten, und flog aus entgegengesetzter Richtung, diesmal noch niedriger, über das Haus hinweg.

»Können Sie so fotografieren?«, rief Norton.

Willis schüttelte heftig den Kopf. »Ich muss mich entweder zur Tür hinaushängen lassen oder durch die Kanzelscheibe schießen.« Er klopfte mit dem Knöchel gegen die Frontscheibe.

»Ich kann ja einen kleinen Kopfstand machen«, sagte Norton.

»Und achten Sie darauf, dass wir die Sonne im Rücken haben, damit die Scheibe nicht blendet«, sagte Willis.

Tucker saß direkt hinter Norton und ließ das Haus nicht aus den Augen, um das erste Zeichen von Baglios Leibwächtern nicht zu verpassen. Was würden sie denken, wenn sie aus dem Haus herausgestürzt kämen und einen Polizeihubschrauber über ihrem Nest kreisen sähen.

Norton stellte den Hubschrauber in einem Winkel von fünfunddreißig Grad schräg auf die Nase, sodass sie alle nach vorn in ihre Sicherheitsgurte hineinglitten.

»Gut so«, sagte Willis.

Der Fotograf löste seinen Gurt und lehnte sich über die Armaturen, das Gesicht eng an die Scheibe gepresst. Er schoss ein Foto nach dem andern.

Paul Norton gefiel es gar nicht, dass Willis nicht angeschnallt war, aber er sagte kaum etwas. Er konzentrierte sich darauf, den Flug des Hubschraubers möglichst erschütterungslos durchzuführen, um Willis nicht zu gefährden.

Unten traten zwei Männer aus dem Haus und schauten zu ihnen auf; sie legten die Hände schützend über die Augen. Tucker glaubte erkennen zu können, dass es zwei völlig unbedeutende Typen waren, kräftig gebaute Muskelprotze mit offenen Jacketts, darunter unsichtbar und griffbereit die Pistolen.

Tucker beugte sich vor und sagte, nahe an Nortons Ohr: »Das Glas ist nicht kugelsicher, oder?«

»Plexiglas«, gab Norton zurück. »Ein Pistolenschuss würde abprallen, selbst wenn wir in der Reichweite für Faustfeuerwaffen wären. Mag sein, dass das Glas springt, aber das Geschoss würde zunächst abgelenkt.«

Tucker stemmte sich gegen Nortons Rückenlehne und blickte durch die geneigte Frontscheibe nach unten. »Ich denke, die Aufnahmen von der Vorder- und Rückseite reichen jetzt. Versuchen wir es mal von der Seite aus!«

Norton kam seinem Wunsch nach, die Maschine schwenkte heulend herum und überflog das Haus aus seitlicher Richtung, während Willis fleißig seine Kamera betätigte.

Baglio selbst war jetzt aus dem Haus gekommen; er stand vor der Säulenveranda und beobachtete den Hubschrauber.

Natürlich würde es Baglio interessieren, ob sie wussten, dass Merle Bachman im Haus war, oder ob es sich nur um ein routinemäßiges Störmanöver der Polizei handelte. Er würde überlegen, wie er Bachman vor ihrer Nase aus dem Haus schaffen könnte, falls sie plötzlich mit einem Hausdurchsuchungsbefehl landeten.

Tucker konnte nur hoffen, dass Baglio nicht in Panik geraten und Bachman umbringen und begraben lassen würde, wenn sie gleich, ohne zu landen, wieder abdrehten. Bachman zwischen den Fichten oberhalb des Hauses zu verscharren wäre die einfachste Sache der Welt. Allerdings war es möglich, dass Bachman längst tot war. Vielleicht hatte er längst geplaudert und war ohne die üblichen Ehrenbezeigungen in den ewigen Schlaf versetzt worden.

»Können Sie noch weiter hinuntergehen und rund um das Haus fliegen, damit Willis alle vier Seiten aus der Bodenperspektive aufnehmen kann?«, fragte Tucker.

»Kann ich«, sagte Norton. Er brachte die Maschine in horizontale Lage und ging hinter dem Haus auf fünf Fuß über Bodenhöhe hinunter. Der Fotograf machte seine Aufnahmen durch das Seitenfenster. Als sie zur Vorderseite des Hauses kamen, wo Baglio und seine Leute standen, sprangen diese rasch aus dem Weg, zu sehr auf die drohend rotierende Schraube konzentriert, um auf Insassen des Hubschraubers zu achten.

»Jetzt noch ein paar Bilder aus der Totalen, das Haus, der Rasen und die Bäume am Rand der Lichtung«, sagte Tucker.

Nachdem das geschehen war, sagte Norton: »Und jetzt?«

»Das war alles«, sagte Tucker. »Zurück zum Heimathafen!«

Als sie auf der Waldlichtung, etwa zwei Meilen von Baglios Haus entfernt, landeten, hatte Willis seine Geräte schon wieder eingepackt. Er schob die Tür auf und sprang hinaus; dann holte er seine beiden Gepäckstücke nach.

»Einen Moment«, sagte Norton, als Tucker dem Fotografen folgen wollte.

»Ja?«

»Sie wollen allem Anschein nach in dieses Haus hinein. Ich sollte mich auf vier Passagiere vorbereiten, haben Sie gesagt; bisher habe ich aber erst von dreien gehört – das heißt, dass Sie vermutlich einen Ihrer Männer herausholen wollen.«

Tucker sagte nichts.

»Meinen Sie nicht, dass die Leute im Haus mit all dem gerechnet haben – ich meine den Hubschrauber und so?«

»Nein«, sagte Tucker. »Sie rechnen mit einer ganz bescheidenen Taktik, wenn überhaupt mit irgendetwas. Sie fühlen sich da oben sehr sicher. Außerdem werden die Polizeiembleme am Hubschrauber sie ganz schön verwirrt haben.«

»Glauben Sie nicht, dass sie solche lästigen Störmanöver als sehr merkwürdig empfinden werden? Ich meine, diese Leute lassen es sich doch etwas kosten, um gerade solchen Belästigungen aus dem Weg zu gehen.«

»Die Staatspolizei können sie nicht bestechen«, sagte Tucker. »Natürlich gibt es in jeder Polizeiorganisation ein paar faule Kunden, und wahrscheinlich stehen auch ein paar Leute von der Staatspolizei auf der Bestechungsliste, aber die ganze Organisation, eine der besten in unserem Land, können sie nicht kaufen. Da wäre der Preis zu hoch.«

»Okay«, gab Norton zu. »Ich wollte nicht neugierig sein. Ich wollte nur wissen, womit ich beim nächsten Einsatz zu rechnen habe. Ich meine, wenn ich mich schon auf einen gebührenden Empfang einrichten muss, dann will ich wenigstens wissen, woran ich bin.«

»Niemand wird damit rechnen, dass Sie noch einmal mit dem Hubschrauber zurückkommen«, sagte Tucker. »Dafür garantiere ich.«

»Gut. Wenn Sie mich brauchen; ich bin hier.«

Tucker sprang hinaus, nahm die beiden Aktenmappen, die Norton ihm herausreichte – eine mit knapp fünftausend Dollar in bar, die andere mit den Pistolen. Außerdem gab Norton ihm noch einen schweren Schultersack hinaus. Er enthielt Spezialausrüstungsteile, um die Tucker ihn am Morgen bei seinem Anruf aus dem Kaufhaus gebeten hatte. Tucker nahm die beiden leichten Aktenmappen in eine Hand, den Sack in die andere und ging mit Willis in den Wald zurück. Fünfzehn Minuten später waren sie bei Shirillo auf dem Rastplatz.

Um 21 Uhr 45 waren sie wieder in der Stadt. Merle Bachman befand sich seit über sechsunddreißig Stunden in Baglios Gewalt.

11

Im Traum lag er auf einem weichen Bett, die Decke zurückgeschlagen, ein Daunenkissen unter dem Kopf. Das Zimmer war fast völlig dunkel, Schwaden eines weichen, blauen Lichts warfen Streifen auf den dicken Teppichboden und seltsame Schatten an die Wände. Er suchte die Quelle des Lichts, aber er fand sie nicht. Am Ende des Zimmers tauchte plötzlich Elise Ramsey auf, stand einen Moment in einem blauen Lichtstreifen, wie ein angestrahltes Stück in einem Museum, und trat dann vor in den Schatten. Sie war nackt und kam selbstsicheren Schrittes wie eine Löwin auf ihn zu. Aus dem Dunkel trat sie wieder ins Licht, die gewölbten Hände unter den schweren Brüsten, eine Lockung, der er nicht lange widerstehen konnte. Sie trat wieder ins Dunkel, kam wieder ins Licht, graziöse, sinnliche Bewegungen. In einem Moment wäre er hellwach gewesen, aber dann sah er diese unglaubliche Hand hinter ihr auftauchen, eine Hand, von der sie nichts zu ahnen schien und vor der es für sie kein Entrinnen gab, selbst wenn er sie gewarnt hätte. Eine Riesenhand, deren Umrisse im Dunkel der Decke verschwanden, die Finger gespreizt, das Fleisch grau und kalt und starr. Eine eiserne Hand, die im nächsten Moment Elise zu zermalmen drohte. Was die Metamorphose des Traums in einen Albtraum bewirkte, war nicht die Tatsache, dass Elise wie ein Insekt zerquetscht zu werden drohte, auch nicht das Wissen, dass die Hand sich ihm, Tucker, zuwenden würde, sobald sie mit dem Mädchen fertig war, sondern die Gewissheit, dass die Hand diesmal nicht Baglios Hand war. Diesmal war es die eiserne Hand seines Vaters. Schatten und blaues Licht, nackte Brüste und das Zucken der eisernen Finger …

»He!«

Tucker blinzelte.

»Stimmt was nicht?«, fragte Pete Harris, der sanft, aber beharrlich an seiner Schulter rüttelte. »Alles in Ordnung, Freund?«

»Hmmm«, knurrte Tucker, ohne die Augen zu öffnen.

»Wirklich?«

»Wirklich.«

Tucker setzte sich aufrecht, rieb sich die Augen, massierte seinen Nacken und versuchte sich darüber klar zu werden, was ihm da in den Mund gekrochen und während seines kurzen Schlafs in Harris' Hotelbett gestorben war. Er ließ die Zunge kreisen und fand keinen Leichnam. Er kam zu dem Schluss, dass er es wohl verschluckt haben müsse und dass er sich nachher die Zähne besonders gründlich putzen müsse.

»Jimmy ist da«, sagte Harris. »Er hat alles, was er mitbringen sollte.«

Tucker hob den Kopf, sah Shirillo, der auf einem Stuhl vor dem Standardhotelschreibtisch saß. Neben ihm auf dem Boden lagen mehrere Papiertüten mit den Namen verschiedener Kaufhäuser. »Was hat dein Onkel aus den Fotos gemacht?«

»Meisterwerke!«, sagte Shirillo. »Wart nur ab, bis du sie siehst.«

»Ich sehe sie mir gleich an«, sagte Tucker. Er stand auf und verschwand im Badezimmer. Er fühlte sich hundeelend, steif und müde, obwohl er nur anderthalb Stunden geschlafen hatte. Er sah auf die Uhr: ein Uhr. Nun ja, dann waren es also zwei Stunden gewesen, die er geschlafen hatte. Trotzdem kein Grund, sich so miserabel zu fühlen. Er spritzte sich Wasser ins Gesicht und drückte Zahnpasta aus Harris' Tube auf seinen Zeigefinger und rieb sich die Zähne. Zwar konnte er so nicht viel gegen das Unbehagen ausrichten, aber es erfrischte seinen Atem, und er fühlte sich schon etwas menschlicher als beim Aufwachen.

Im Zimmer hatten sie unterdessen drei Stühle vor dem Schreibtisch aufgebaut, und auf dem Tisch lag ein Stapel großformatiger Fotos. Er nahm den für ihn reservierten mittleren Stuhl und ging den Stapel sorgfältig durch. Er sortierte etwa ein Dutzend aus und gab Shirillo den Rest zurück. Der Junge steckte sie in einen einfachen braunen Umschlag und schob ihn beiseite.

»In einer halben Stunde können wir aufbrechen«, sagte Tucker, »wenn ihr die ganze Zeit gut aufpasst.«

»Du hast alles genau ausbaldowert?«, fragte Harris.

»Noch nicht alles bis ins Letzte«, entgegnete Tucker. Harris hatte sich bisher allen seinen Anordnungen gefügt, aber das würde nicht endlos so weitergehen. Man musste ihm das Gefühl geben, dass er zumindest an einem Teil der Planung aktiv mitarbeitete. »Ich erwarte, was die Details betrifft, eure Vorschläge und Kommentare.«

»Was ist, wenn Bachman schon tot ist?«, fragte Harris.

»Dann vergeuden wir unsere Zeit, aber wir verlieren dabei nichts.«

»Wir könnten aber dabei draufgehen«, bemerkte Harris.

»Sieh dir diese Fotos an, ja?«, sagte Tucker. »Die haben mich fast dreihundert Dollar gekostet.«

Harris ließ sich mit einem Achselzucken in seinen Stuhl zurücksinken und verstummte. Er sah sich die Fotos an, hörte zu, was Tucker zu sagen hatte, machte ein Gesicht, als ob er seine Thompson zusammensetzen und liebevoll streicheln möchte, machte hin und wieder einen Vorschlag und schöpfte schließlich wieder neuen Mut. Nun, er wurde alt, fünfundzwanzig Jahre im Metier hinterlassen eben ihre Spuren; niemand machte ihm einen Vorwurf, wenn er ein bisschen nervöser war als seine Kollegen. In zwei Jahrzehnten würde es ihnen genauso ergehen, falls sie überhaupt so lange lebten.

Sie verließen die Stadt in einem gestohlenen Buick, den Tucker in der Nähe des Hotels vorgefunden hatte; Shirillo am Steuer, Harris auf dem Rücksitz, die Thompson auf dem Schoß. Tucker verschlang hungrig zwei Tafeln Schokolade und beobachtete die gelegentlich vorbeihuschenden Scheinwerfer entgegenkommender Fahrzeuge. Er hatte seit dem Frühstück nichts gegessen, aber die Schokolade beseitigte sein Magenknurren und beruhigte seine Hände, die wie gelähmt waren, wenn sich auch an seiner inneren Unruhe nichts änderte.

Schließlich bogen sie auf den inzwischen schon vertrauten Rastplatz hinter Baglios Privatstraße ein und hielten hinter einem anderen Auto.

»Der Wagen ist leer«, sagte Shirillo.

Harris beugte sich vor. »Sicher ein Liebespaar.«

Shirillo schüttelte grinsend den Kopf. »Dann wären die Scheiben dick beschlagen.«

»Was nun?«, fragte Harris.

Tucker hätte dringend eine dritte Tafel Schokolade gebraucht. »Abwarten, was sonst?«

»Und wenn sich niemand sehen lässt, mein Freund?«

»Warten wir's ab«, sagte Tucker.

Eine Minute später kamen zwei gut gekleidete Neger aus dem Wald hinter dem Rastplatz auf den Wagen zu geschlendert; einer von ihnen war noch mit seinem Hosenreißverschluss beschäftigt.

»Aha«, sagte Shirillo, »der Ruf der Natur. Der Staat könnte ruhig für ein paar sanitäre Einrichtungen an einer solchen Straße sorgen.«

Die beiden Neger bedachten den Buick nur mit einem flüchtigen Blick, anscheinend ohne jede Furcht vor gefährlichen Begegnungen an einem so einsamen Ort, stiegen in ihren Wagen und fuhren ab.

»Okay«, sagte Tucker und stieg aus.

Harris kurbelte seine Scheibe herunter und rief zu Tucker hinaus: »Vielleicht sollten wir den Wagen doch besser verstecken als geplant – falls es noch mehr Leute mit 'ner schwachen Blase gibt.«

»Du hast Recht«, sagte Tucker. Er suchte mit seiner Taschenlampe den Waldrand ab, bis er zwischen den Bäumen eine Lücke fand, durch die sich der Buick hindurchzwängen konnte. Dann winkte er Shirillo, der den Wagen, geführt von Tucker, in den Wald hineinfuhr. Nach einer Viertelstunde winkte Tucker ab; sie waren mehr als hundert Schritte vom Rastplatz entfernt, und das dichte Unterholz versperrte die Sicht zur Straße.

Harris stieg aus und sagte: »Sollte einer so schamhaft sein und so tief in den Wald eindringen, nur um sein Geschäft zu erledigen, dann hat er nichts anderes verdient als eine blaue Bohne.«

Shirillo und Tucker luden ihre Sachen aus dem Wagen aufs Dach, wo sie für jeden leicht erreichbar waren. Sie tauschten ihre Kleider gegen die Sachen, die Shirillo am Abend, passend für alle, gekauft hatte: schwarze Socken und Schuhe, dunkle, locker sitzende Jeans, mitternachtsblaue Hemden, dunkle Anoraks mit großen Taschen und einer Kapuze. Sie zogen sich die Kapuzen über den Kopf und befestigten sie unter dem Kinn.

»Du hast einen miserablen Geschmack, Jimmy«, sagte Harris.

»Ach ja?«

»Was soll denn dieses Krokodil auf dem Anorak?«

Shirillo betastete das auf der linken Brustseite aufgestickte Krokodil. »Anoraks ohne diese Dinger gab es nicht.«

»Komm mir vor wie ein kleiner Junge«, bemerkte Harris.

»Reg dich nicht auf«, sagte Tucker. »Sei froh, dass es nur ein Krokodil ist. Genauso gut hätte es ein Kätzchen oder ein Kanarienvogel sein können.«

»Kanarienvögel hatten sie auch«, sagte Shirillo. »Aber die kamen von Anfang an nicht in Frage. Dann gab es noch Elefanten und Tiger, und da fiel mir die Wahl schon schwerer, bis ich mich schließlich für Krokodile entschieden habe. Wenn du Krokodile nicht magst, Pete, dann warten wir eben, bis du deines abgetrennt hast.«

»Ein Tiger wäre viel mehr nach meinem Geschmack gewesen«, knurrte Harris.

»Und was hast du gegen Elefanten?«, fragte Tucker.

»Elefanten? Och, die sehen immer ein bisschen blöd aus, findest du nicht? Jedenfalls machen sie keinem Angst. Wenn Baglio mich mit 'nem Elefanten auf dem Anorak daherkommen sähe, würde er mich womöglich für einen komischen Vertreter für Babywindeln halten oder so was. Außerdem wähle ich mein Leben lang schon die Demokratische Partei, und der Elefant ist das Symbol der Republikaner.«

»Was denn, du wählst?«, fragte Shirillo erstaunt.

»Natürlich wähle ich.«

Shirillo und Tucker mussten lachen.

Harris rieb verlegen an seinem Krokodil und fragte: »Was ist daran so komisch?«

»Dass ein gesuchter Verbrecher auf der Wählerliste steht«, erklärte Tucker.

»Noch werde ich nicht gesucht«, sagte Harris. »Früher haben sie mich zweimal verurteilt, aber ich habe jedes Mal weniger als zwei Jahre abgesessen, und ich bin im Besitz aller bürgerlichen Ehrenrechte. Da halte ich es für meine Pflicht, an jeder Wahl teilzunehmen.« Er suchte seine beiden Freunde im Dunkel. »Geht ihr etwa nicht zur Wahl?«

»Nee«, sagte Shirillo. »Ich bin erst seit ein paar Jahren berechtigt, und ich habe mich noch nie dazu aufraffen können. Ich sehe den Zweck nicht ganz ein.«

»Und du?«, fragte Harris Tucker.

»Politik hat mich noch nie interessiert. Ich kenne Leute, die sorgen sich ihr halbes Leben darüber, wie alles vor die Hunde geht – und dabei geht so oder so alles vor die Hunde. Ich denke, ich werde es überleben, egal, welchen Trottel das Volk als nächsten ins Amt wählt.«

»Das ist ja schrecklich!«, sagte Harris, ganz verblüfft von dieser unpatriotischen Haltung. »Nur gut, dass keiner von euch Kinder hat. Ihr wäret genau die Eltern, die ihren Kindern mit schlechtem Beispiel vorangehen.«

Wieder mussten Tucker und Shirillo lachen.

»Los, weiter jetzt!«, sagte Tucker, indem er den Deckel von einer kleinen Dose mit Fettschminke abhob. »Ich muss eure Gesichter schwarz machen.«

»Wozu denn das?«

»Erstens, weil man dann im Dunkel nicht so gut gesehen wird. Und zweitens, weil es Baglios Leute dann schwerer haben, uns später zu identifizieren. Eine andere Gesichtsfarbe entstellt das Gesicht fast so gründlich wie eine Maske. Und eine Maske können wir bei dem, was wir vorhaben, nicht brauchen. Sie wäre uns nur hinderlich. Die Schminke macht uns unkenntlich und nimmt uns nichts von unserer Beweglichkeit.«

Mit einem unzufriedenen Knurren fügte sich Harris in diese schimpfliche Behandlung.

Zehn Minuten später hatten sie alle schwarze Gesichter, und die Schminkdose befand sich bei ihren abgelegten Kleidern.

»Und jetzt?«, fragte Harris in Erwartung einer neuen Demütigung.

»Jetzt zeige ich euch die Pistolen«, sagte Tucker.

»Ich nehme die Thompson – wie immer.« Harris nahm die Maschinenpistole, die er an das Auto gelehnt hatte.

»Mitnehmen kannst du sie«, sagte Tucker. »Aber benutzt wird sie nur im äußersten Notfall. Wenn möglich, lässt du sie immer um die Schulter gehängt und benutzt diese hier.« Er nahm die drei Luger-Pistolen und die Schalldämpfer aus der Aktentasche, setzte sie zusammen und verteilte die Waffen. Jeder erhielt vier Magazine Munition, und Tucker sah ihnen beim Laden auf die Finger.

»Nicht schlecht«, sagte Harris.

Tucker fiel ein Gewicht von der Seele, als Harris die MP über die Schulter schlang und die Pistole in der Hand wog. »Die Munition bewahrt ihr am besten in der rechten Anoraktasche auf.«

»Pistolentaschen?«, fragte Harris.

»Gibt's nicht«, sagte Tucker.

»Pistole in linke Anoraktasche?«

»Nichts da! Die behältst du dauernd in der Hand.«

»Manchmal braucht man aber beide Hände für irgendwas.«

»Heute Nacht nicht. Wir müssen die Waffe stets schußbereit haben. Einmal, weil es im Ernstfall verdammt schwierig sein wird, das verdammt lange Ding samt Schalldämpfer herauszuholen. Und zum andern, weil sie uns leicht überraschen könnten, wenn wir erst im Haus sind, und dann hätten wir keine Zeit mehr zu ziehen. Vergesst nicht, dass Baglio mindestens vier bewaffnete Leute im Haus hat – vier Profis. Und sie haben Heimvorteil, nicht wir.«

Shirillo hatte nicht in Erfahrung bringen können, wie viele Leute sich im Haus aufhielten.

Tucker nahm einen mit mehreren Werkzeugen in dünnen Plastikbeuteln behängten Gürtel, zog seinen Anorak hoch, schnallte den Gürtel um und zog den Anorak wieder herunter.

»Den hast du von Shirillo?«, fragte Harris.

»Ja.«

»Sieht nicht schlecht aus.«

»Ich habe jedes einzelne Stück selbst ausgesucht, zwei Wochen daran herumgefeilt, wo nötig, den Gürtel und die Plastiktaschen im Schusterladen meines Bruders angefertigt.«

Harris kratzte sein schwarz geschminktes Kinn und musterte seine Finger. »Ihr meint also, wir müßten einbrechen?«

»Falls alle Türen und Fenster zu einladend aussehen«, sagte Tucker, »werden wir uns einen Privateingang verschaffen.«

Harris nickte.

»Und noch etwas«, sagte Tucker. Er öffnete den Schultersack, den Paul Norton ihm am Nachmittag gegeben hatte, und holte zwei Walkie-Talkies heraus. Eins gab er Shirillo, das andere behielt er selbst und schnallte es um seinen rechten Oberarm. Er erklärte Shirillo das Funktionieren der Sprechgeräte und bestand sogar auf einer Probe.

»Ich bekomme wohl keins, was?«, sagte Harris.

»Du trägst ja schon die Maschinenpistole«, erwiderte Tucker. »Möglicherweise werden wir uns trennen müssen und uns so aus den Augen verlieren. Ich werde jedoch darauf achten, dass man uns nicht alle drei voneinander trennt. Du wirst also immer entweder bei Jimmy oder bei mir sein, und mit Hilfe der Geräte können wir in Kontakt miteinander bleiben. Später brauchen wir sie dann natürlich, um mit Paul Verbindung aufzunehmen.«

»Mit dem Hubschraubertyp?«, fragte Harris.
»Ja.«
»Ich kann's kaum erwarten, ihn kennen zu lernen.«
»Bald ist es soweit.«
Sie sammelten alles zusammen, was nicht in dem Buick gewesen war, als sie ihn gestohlen hatten – die abgelegten Kleider, die Aktenmappe, in der die drei Pistolen gewesen waren, die Einkaufstüten der Sachen, die sie jetzt trugen, die Schminkdose, sämtliche Kassenbons –, und packten es in den Schultersack, der zuvor die Funksprechgeräte enthalten hatte. Der Sack war zum Bersten voll.
»Bin gleich wieder da!«, sagte Tucker.
Er drang noch tiefer in den Wald ein, und als er den Buick weit genug hinter sich gelassen hatte, schleuderte er den Schultersack weit in das Dunkel zwischen den Bäumen. Dann ging er zu den anderen zurück.
Sie brauchten zehn Minuten, um den Buick, innen und außen, sauber abzuwischen, bis sie sicher sein konnten, dass keine Fingerabdrücke mehr zu finden waren. Wegen ihrer Abdrücke in den beiden anderen gestohlenen Autos, dem Chevy und dem Dodge, hatten sie sich keine Sorgen gemacht. Die beiden Fahrzeuge waren am Tag zuvor schrottreif zurückgeblieben, und Baglio würde sie bestimmt aus dem Weg geschafft haben, sodass sie der Polizei nicht in die Hände fallen würden. Diesmal jedoch lagen die Dinge anders: Der Buick würde hier zurückgelassen und am Ende seinem rechtmäßigen Besitzer wieder ausgehändigt werden. Zwar besaß die Polizei Fingerabdrücke von Harris, aber weder Shirillo noch Tucker hatten sich je dieser Prozedur unterziehen müssen. Shirillo, weil er zu jung und noch nie gefasst worden war; Tucker, weil er einfach zu vorsichtig war. Auch unter seinem richtigen Namen – als Bewohner einer Penthouse-Suite an der Park Avenue – war Tucker noch nie in das Räderwerk der Poli-

zeimaschinerie geraten und würde es wahrscheinlich auch in Zukunft nicht tun. Reiche Leute werden nur selten gezwungen, sich solcher Art Demütigung zu unterziehen, es sei denn, die Beweislast gegen sie ließe der Polizei keine andere Wahl, und Tucker hatte nicht die Absicht, unter seinem richtigen Namen irgendwie mit dem Gesetz in Konflikt zu kommen. Sollte er je als Tucker erwischt werden, würde er seine wirkliche Herkunft geheim halten können, selbst wenn er verhaftet und verurteilt würde; sobald er dann gegen Kaution auf freien Fuß gesetzt würde, könnte er Tucker für immer begraben und in seine Haut als Park-Avenue-Bewohner zurückschlüpfen, ohne sich sorgen zu müssen, dass ihm jemand auf die Spur käme. Die Tatsache allerdings, dass seine Abdrücke – als Tuckers Abdrücke – im Polizeiarchiv ruhten, würde seiner Bewegungsfreiheit erhebliche Beschränkungen auferlegen.

Tucker schlug die letzte Tür des Buick zu und benutzte dabei sein Taschentuch, das er danach wieder einsteckte. Zu Shirillo gewandt, fragte er: »Uhrzeit?«

Shirillo sah im trüben Licht der Taschenlampe auf seine Uhr. »Zwei Uhr fünfundvierzig.«

»Zeit genug«, sagte Tucker. Sie standen in völliger Dunkelheit, als Shirillo die Taschenlampe löschte. Die dicht hängenden Zweige der Fichten hielten auch noch das schwache Licht der Sterne zurück.

»Haben wir auch nichts vergessen?«, fragte Tucker. Er wußte, dass sie nichts vergessen hatten, aber er wollte Pete Harris das Gefühl geben, dass er an der Führung der Aktion beteiligt sei.

Niemand antwortete ihm.

Mit einem letzten Blick auf die Gummihandschuhe, die sie beim Umziehen übergestreift hatten, sagte Tucker dann: »Also, gehen wir. Wir haben noch ein gutes Stück Fußmarsch vor uns, und die Taschenlampe können wir nur für etwa eine Hälfte des Weges benutzen.«

Die Nacht schloss sie ein, und die verstummten Grillen in der Nähe des Buick begannen wieder mit ihrem Gezirpe, als sich die drei auf den Weg zu Baglios Villa machten.

12

Ihre Marschlinie verlief parallel zur Hauptstraße, stets außer Sichtweite von ihr. Bald kamen sie an Baglios asphaltierte Privatstraße. Sie zogen sich wieder tiefer in den Wald zurück, geführt vom Licht der Taschenlampe, und folgten der kurvenreichen Straße den Hügel hinauf.

Rotwild, kleinere Tiere und abfließendes Regenwasser hatten Pfade durch den dichten Baumbestand und das dornige Gestrüpp gebahnt. Diese natürlichen Pfade waren nicht immer der kürzeste Weg zwischen zwei Punkten, aber sie waren dafür leichter begehbar. Um die zusätzliche Entfernung, die sie so zurücklegen mussten, auszugleichen, verfielen sie zwischendurch immer wieder in den Laufschritt; drei Minuten Laufschritt, eine Minute Schrittempo lösten einander ab. Tucker wollte gegen drei Uhr dreißig in Sichtweite des Hauses sein, und sein Plan sah vor, dass sie spätestens um drei Uhr fünfundvierzig das Haus betreten haben mussten. Auf diese Weise blieb ihnen genügend Zeit bis zur Dämmerung, um alles Erforderliche zu erledigen.

Wenn er so dem irr auf und ab hüpfenden Lichtstrahl der Taschenlampe durch die Finsternis des Waldes nachlief, fühlte sich Tucker an seinen Albtraum in Harris' Hotelzimmer erinnert: die Hand, die plötzlich aus dem dunklen Schatten auftauchte und durch die Streifen aus Licht und Schatten sich immer bedrohlicher der nackten Gestalt Elises näherte.

Er hatte das völlig unbegründete Gefühl, als ob dieselbe Hand nun auch ihn verfolgte; als ob sie Harris bereits erdrückt hätte, sich nun um den nichtsahnenden Shirillo schlang und im nächsten Augenblick ihn selbst mit kalten eisernen Fingern ergreifen würde.

Und während er lief und ging und wieder lief, horchte er auf die gleichmäßigen Schritte der beiden Männer hinter sich.

Zweimal machten sie Halt, um sich genau zwei Minuten lang auszuruhen, aber keiner von ihnen sprach ein Wort.

Sie waren vollauf damit beschäftigt, zu Atem zu kommen. Sie starrten auf den Boden, wischten sich den Schweiß aus den Augen, und wenn die Zeit um war, zogen sie weiter. Harris' Atmen klang sehr mühsam, und Tucker mochte nicht entscheiden, ob vor Erschöpfung oder vor Angst und Abgespanntheit. Das Verbrecherleben war eben nichts für ältere Männer.

Fünfzehn Minuten nach ihrem Aufbruch schaltete Tucker die Taschenlampe aus, und das Tempo verlangsamte sich merklich. Um genau drei Uhr fünfunddreißig gelangten sie an den Rand des Waldes, der Baglios gepflegten Rasen eingrenzte.

Schon im Wald hatten sie einen dünnen Bodennebel um die Baumstämme und das Gesträuch des Unterholzes bemerkt. Hier nun, im Freien außerhalb des Waldes, zogen sich die Nebelschleier deutlich sichtbar von einem Baum zum andern und lagen wie schwere Steppdecken über dem Rasen. Der Nebel trübte das Licht der Lampen unter den Säulen der Vorderveranda und der wenigen beleuchteten Fenster im Erdgeschoss des Hauses. Ein gespenstisches, gelbliches Licht fiel auf das Gras unmittelbar unter der Lichtquelle, ohne jedoch die weitere Umgebung heller zu beleuchten.

Tucker, Harris und Shirillo lagen am Rand des gemähten Rasens im Wald und beobachteten die Stille der nächtlichen Szene; keiner von ihnen wünschte, dass sich dort oben etwas regte, aber alle waren mehr oder weniger darauf gefasst. Offenbar waren keine Wachen rund um das Haus aufgestellt, obwohl es natürlich Stellen gab, von denen aus ein Beobachter ungesehen die gesamte Rasenfläche überblicken konnte. Tucker verwarf diese Möglichkeit jedoch nach reiflicher Überlegung. Baglio würde nicht mit ihrer Rückkehr rechnen und folglich keinen Grund für besondere Vorsichtsmaßnahmen sehen. Es sei denn, der Polizeihubschrauber am Nachmittag hätte ihn ungewöhnlich stark beeindruckt. Tucker hielt das für sehr unwahrscheinlich. Leute vom Schlage Baglios hatten zwar keine besondere Vorliebe für Polizisten, aber sie litten auch nicht unter einem so krankhaften Verfolgungswahn wie Verbrecher kleineren Kalibers – ein gewöhnlicher Einbrecher oder Straßenräuber etwa. Für Ross Baglio gab es jederzeit das Mittel der Bestechung, und falls auch das einmal nicht fruchtete, gab es erstklassige Anwälte, die für Freilassung gegen Kaution und für Gründe zur Einstellung des Verfahrens sorgten.

»Bei diesem Wetter und so früh am Morgen wahrscheinlich im Haus selbst«, flüsterte Harris.

»Wahrscheinlich«, gab Tucker zurück.

»Wie geplant also?«

»Wie geplant.«

Harris ging als Erster. Er duckte sich tief hinab und rannte auf das Buschwerk zu, das die kreisförmige Anfahrt vor dem Haus umgab. Von hier aus konnten sie unbeobachtet nach eventuell vorhandenen Wachtposten hinter den Fenstern Ausschau halten. Einen Moment lang war das zischende Geräusch seiner Schritte durch das taufeuchte Gras zu hören, dann nichts mehr; der Nebel hatte ihn geschluckt.

»Er wird an seinem Platz sein«, flüsterte Tucker.

»Okay«, antwortete Shirillo. Er rannte los, noch leiser

und noch tiefer geduckt als Harris vor ihm. Der Nebel öffnete sich, schluckte ihn und schloss sich wieder. Tucker war allein.

Und die Erinnerung an den Albtraum überfiel ihn noch lebhafter als zuvor: die Schatten und das Licht, die drohend ausgestreckte Hand. Er spürte ein Jucken zwischen den Schulterblättern, den dumpfen, kalten Schmerz der Erwartung im Nacken.

Er sprang auf und lief geduckt zu den beiden anderen.

Sie lagen auf dem Bauch hinter der gleichmäßig getrimmten Hecke am Rand der Auffahrt, fünfzig Schritte von der Haupttür des Hauses entfernt. Durch Lücken im Blätterwerk hatten sie gute Sicht. Der Nebel war nicht so dicht, dass er auf diese kurze Entfernung das ganze Haus einhüllte, aber die Umrisse des Daches verschwammen, und die Fugen zwischen den einzelnen Mauersteinen waren unsichtbar, sodass das ganze Haus aus einem einzigen Stück weißen Alabasters zu bestehen schien. Aus ihrer Position konnten sie alle Fenster auf der Vorderseite überschauen: vier schwach beleuchtete und sechs vollkommen dunkle im Erdgeschoss; zehn dunkle im ersten Stock.

»Ich habe genau hingesehen«, sagte Harris.

»Und?«

»An den Fenstern ist niemand.«

»Das ist kaum wahrscheinlich.«

»Trotzdem ist es so … Schau doch hin!«

Nach fünf Minuten sagte Shirillo: »Auch ich sehe niemanden.«

»Vier Fenster sind erleuchtet«, stellte Tucker fest.

»Ich sage ja auch nicht, dass niemand in den Zimmern dahinter ist und wacht«, gab Harris zurück. »Ich stelle nur fest, dass niemand am Fenster Ausschau hält. Vermutlich, weil sie bei diesem Nebel wohl doch nichts sehen könnten …«

Schließlich ließ sich Tucker überzeugen, dass sie nicht beobachtet wurden. Falls einer von Baglios Männern hinter einem der dunklen Fenster im unteren oder oberen Geschoss stünde, würde er als hellerer grauer Fleck gegen die tiefe Dunkelheit des Zimmers hinter sich erkennbar sein. Das Licht des Halbmonds wurde durch den Nebel erheblich abgeschwächt, aber ein Gesicht nur wenige Zentimeter hinter der Scheibe würde doch genügend Licht reflektieren, um jederzeit sichtbar zu sein. Und hinter den erleuchteten Fenstern hätte sich erst recht kein Wachtposten verstecken können. Die Zimmer mit den erleuchteten Fenstern waren ganz offensichtlich ruhig und still.

»Also?«, fragte Harris.

Nerven. Reine Nervensache. Die fünfundzwanzig Berufsjahre, unterbrochen nur von zwei kürzeren Gefängnisstrafen, verlangten ihren Tribut. Er war zu alt und hatte zu viele Gefahren überstanden, um sich jetzt bei diesem verrückten Unternehmen von einem Revolverhelden der Mafia so einfach eine Kugel verpassen zu lassen. Sie würden ihn oberhalb des Hauses im Wald verscharren, sein Körper würde sich langsam in nichts auflösen, und die Überreste würden vom Regenwasser den Berg hinabgeschwemmt und den Boden des gepflegten Parks düngen. Im Grab selbst würden nur seine Gebeine zurückbleiben – und der Anorak mit dem aufgestickten Krokodil. Harris hatte also Nerven. Aber hatte die nicht jeder? Eines Tages würde Tucker genauso weit sein wie Harris heute, die Nerven zum Zerreißen gespannt, bereit, sich nach diesem letzten Coup zur Ruhe zu setzen, und dann gäbe es noch einen ›letzten Coup‹ und noch einen, bis die Nerven schließlich zum großen Fiasko führten.

Nein. So weit würde es für Tucker nicht kommen. Denn bis dahin wäre er längst im Besitz seiner Erbschaft. Sein Vater wäre tot, seine Probleme gelöst. Eigentlich ein trauriges Leben, wenn man es recht bedachte: warten zu müssen, bis der eigene Vater abkratzt.

Tucker studierte ein letztes Mal die Vorderseite des Hauses, um ganz sicher zu sein. Die vier erleuchteten Fenster im Erdgeschoss lagen alle auf der linken Seite vom Haupteingang; die dunklen Fenster lagen rechts. »Eines von denen«, sagte er.

»Nicht die Tür?«, fragte Harris.

»Die ist bestimmt abgeschlossen«, sagte Tucker. »Probiere es am vorletzten Fenster. Dort laufen auch die Telefonleitungen hinein.«

Harris stand auf, die MP in einer Hand, den Finger am Abzug, die Luger-Pistole in der anderen Hand, und lief mit raschen Schritten zum vorletzten Fenster an der rechten Seite des Hauses. Kein Schrei, nichts.

»Los!«, befahl Tucker, und Shirillo folgte Harris ohne Zwischenfall. Tucker bildete die Nachhut. Mit einer kleinen Drahtschere, die er aus dem Anorak nahm, zerschnitt er, wie geplant, die Telefonleitung. Er stand genau vor dem Fenster, durch das sie einsteigen wollten, aber er hielt es für zwecklos, sich zu verbergen. Sollte sich jemand in dem Zimmer hinter diesem Fenster aufhalten, so würde er ohnehin gewarnt werden, wenn Tucker den Glasschneider benutzte.

Also los, worauf warten wir noch!

Tucker schnallte den Gürtel ab und gab ihn Shirillo. Ursprünglich hatte er sich nur auf sein eigenes Geschick verlassen wollen, aber nun fiel ihm ein, dass Shirillo mit den Werkzeugen bestimmt viel besser vertraut sein müsste und ihnen schneller Zutritt zu dem Haus verschaffen könnte als er.

»Schon mal damit gearbeitet?«, fragte er überflüssigerweise.

»Oft.«

Tucker nickte, trat zurück, nahm Shirillos Pistole und

beobachtete ihn, während er vor der dunklen Fensterscheibe kniete.

Pete Harris drehte sich um und beobachtete die andere Seite der Vorderfront, jederzeit darauf gefasst, dass jemand aus der Haustür oder um die Ecke am anderen Ende des Hauses kommen könnte. Jemand, der aus der Haustür käme, würde mit einem Pistolenschuss erledigt werden können; sollte jemand am Ende der Vorderfront auftauchen, würde er statt zur Pistole zu seiner Thompson greifen müssen. Er ließ beide Waffen seitlich an seinem Körper herunterhängen, sodass sie seine Arme nicht über Gebühr belasteten und trotzdem schnell in Anschlag zu bringen waren, wenn es sein musste.

Und wer weiß, vielleicht musste es schon bald sein.

Tucker hätte sich ein bisschen weniger Licht gewünscht. Direkt über ihm, an der Verandadecke, brannte eine Hundertwattbirne unter einem Schutzgitter aus Draht.

Tucker wandte sich von Harris ab in die entgegengesetzte Richtung. Vielleicht wäre es keine schlechte Idee, einmal einen Blick um die Ecke des Hauses zu werfen. Er konnte nur einen einzigen Schritt in diese Richtung tun, als plötzlich einer von Baglios Männern auftauchte.

Er war groß, schlank und breitschultrig, das Gesicht ganz und gar nicht dümmlich, ein Mann vom gleichen Kaliber wie die Leibwächter, die sich in dem Cadillac befanden, als Tuckers Leute sie vor zwei Tagen auf der Bergstraße angehalten hatten. Vielleicht war er sogar einer von ihnen. Er schlenderte gedankenverloren daher, den Kopf tief zwischen die Schultern gezogen, und er stierte auf den Boden vor seinen Füßen. Er schien nichts Böses zu ahnen. Plötzlich jedoch, wie von einer übersinnlichen Hellsichtigkeit gewarnt, fuhr sein Kopf hoch, die Augen öffneten sich weit, die Hand fuhr mit der vielfach geübten Sicherheit des Profis unter sein Jackett.

Nein! wollte Tucker sagen. *Zwing mich nicht! Verhalt dich ruhig! Du hast keine Chance, das weißt du genau!*

Der Mann hatte seine Pistole halb gezogen, als ihn Tuckers Kugel traf, knapp unterhalb der rechten Schulter.

Die Pistole fiel aus seiner Hand und prallte mit leisem Poltern auf den Zementboden der Veranda.

Die Wucht des Schusses hatte ihn halb herumgeworfen; er lehnte mit dem Rücken gegen die Wand, seine Hand wollte an die Schulter fassen, als er vornüberstürzte und still liegen blieb.

13

Trotz des berufsbedingten hohen Risikos hatte sich Tucker erst zweimal in eine Lage gedrängt gesehen, in der ihm keine andere Wahl blieb, als einen Mann zu töten. Das erste Mal war es ein korrupter Polizist, der seinen Forderungen mit der Waffe Nachdruck verleihen wollte; das zweite Mal war es ein Mann, der mit Tucker zusammen ein Ding gedreht und sich in den Kopf gesetzt hatte, dass es doch eigentlich unsinnig sei, den Erlös zu teilen, wenn er mit einem einzigen Schuss aus seiner perlmuttbesetzten Minipistole dieser Unannehmlichkeit aus dem Wege gehen und doppelt so reich werden konnte. Der korrupte Polizist war fettleibig und schwerfällig. Der Partner mit der Perlmuttpistole war in seinen Gewohnheiten ebenso affektiert wie in seiner Wahl der Waffen. Er zog es vor, Tucker nicht einfach in den Rücken zu schießen – was sicherlich das Klügste gewesen wäre –, sondern ihn im Verlauf einer sehr melodramatisch angelegten Szene, mit sehr theatralisch gesetzten Worten über das, was ihn erwartete, aufzuklären. Er wollte Tuckers Gesicht beim Anblick des nahenden Todes sehen, so sagte er. Und er war sehr überrascht gewesen, als Tucker ihm die Pistole entwand, und noch überraschter, als ihn im Verlauf der kurzen Auseinandersetzung der tödliche Schuss traf.

Beide Male war alles sehr schnell und glatt gegangen – zumindest äußerlich; in seinem Innern jedoch war ein hässlicher Rückstand zurückgeblieben, den er noch lange, nachdem die Leichen begraben waren und zu verwesen angefangen hatten, spüren sollte. In den ersten Monaten danach war er fast in jeder Nacht aufgeschreckt, die Hände in feuchten Bettlaken verkrallt und mit einem stummen Aufschrei, der ihm in der Kehle stecken geblieben war.

Elise war immer da, um ihn zu trösten.

Er konnte ihr nicht sagen, was die Ursache dieser Träume war, und er pflegte sich darauf hinauszureden, dass er sich die Träume selbst nicht erklären könne oder sie schon wieder vergessen habe.

Sie glaubte ihm nicht.

Er war sicher, dass sie ihm nicht glaubte, obwohl sie es sich in ihrem Betragen oder in ihrem Gesicht nie anmerken ließ und auch nicht die üblichen bohrenden Fragen stellte. Natürlich konnte sie nicht wissen – oder auch nur ahnen –, was die wirkliche Ursache der Träume war, aber sie war daran auch nicht interessiert. Ihr ging es nur darum, ihm zu helfen, darüber hinwegzukommen.

Er fragte sich, wie wohl andere Leute, die getötet hatten, mit den Folgen fertig wurden, mit diesem Scham- und Schuldgefühl, das sich tief in die Seele hineinfraß.

Wie, zum Beispiel, machte es Pete Harris? Er hatte, nach eigenem Eingeständnis, während der letzten fünfundzwanzig Jahre sechs Menschen getötet, nicht ohne Grund, und zahllose andere vorher, im Kriege, als er mit seiner Thompson blind um sich geschossen hatte. War es so, dass Harris manchmal in der Nacht aufschreckte? Von Dämonen verfolgt? Von toten Menschen? Minotaurus und Harpyien mit vertrauten menschlichen Gesichtern? Wenn ja, wie tröstete er sich, oder wer tröstete ihn? Schwierig, sich diesen grobschlächtigen, rotgesichtigen, stiernackigen Kerl in den Armen einer Frau wie Elise vorzustellen. Vielleicht war er noch nie über seine Albträume hinweggetröstet worden. Vielleicht schleppte er das alles noch in seinem Innern mit sich herum. Das wäre eine ebenso gute Erklärung für seinen schlechten Nervenzustand wie alles andere.

»Ich glaube, seine Schulter ist gebrochen.« Shirillo sah von dem verletzt am Boden Liegenden auf.

»Er ist nicht tot?«

»Das war ja auch wohl nicht deine Absicht, oder?«

»Allerdings nicht«, sagte Tucker. »Aber eine Pistole mit Schalldämpfer wird oft abgelenkt, auch wenn sie noch so gut gearbeitet ist.«

»Er blutet«, sagte Shirillo. »Aber es ist kein arterielles Blut; es wird ihn nicht umbringen.«

»Was nun?«, fragte Harris.

Tucker kniete neben dem Verletzten nieder, um sich die Wunde anzusehen. Er hob seine Augenlider und fühlte den raschen Herzschlag des Mannes. »Er wird bald zu sich kommen, aber der Schock wird nachwirken. Jedenfalls birgt er keine Gefahr für uns, wenn wir ihn einfach hier liegen lassen.«

»Aber er könnte die anderen warnen«, bemerkte Harris.

»Dazu wird ihm die Kraft fehlen, selbst wenn er sich in Gedanken dazu aufraffen kann«, sagte Shirillo.

»Wir könnten ihn knebeln.«

»Und ihn womöglich umbringen, wenn der Knebel ihn zu ersticken droht«, sagte Tucker. »Nein. Wir nehmen ihn besser mit ins Haus, verstecken ihn in irgendeinem Schrank und hoffen, dass alles gut geht.«

Shirillo nickte und ging ans Fenster zurück. Der Junge war erstaunlich ruhig, viel ruhiger, als Tucker erwartet hatte. Shirillo brachte die Klebestreifen auf der mittleren Scheibe an und schnitt ein kreisrundes Stück Glas heraus. Dann steckte er den Arm durch das Loch und tastete vorsichtig mit den Fingern umher. »Drähte«, sagte er. »Eine Alarmanlage.«

»Kennst du den Typ?«, flüsterte Tucker.

»Kann sein. Taschenlampe, bitte!«

Tucker reichte ihm die Taschenlampe aus seiner Anoraktasche. Shirillo knipste die Lampe an, leuchtete durch das Loch in der Scheibe nach links und rechts und knurrte leise, als ob sich seine Vermutung bestätigt hätte. Dann knipste er die Lampe aus und gab sie Tucker zurück.

»Nun?«

»Die Art kenne ich.«

»Eingebaut?«

»Nein. Der Draht läuft durch zwei Führungsringe, die unten am Fenster angeschraubt sind. Wenn ich das Fenster hebe, spannt sich der Draht und löst den Alarm aus – das heißt, falls ich blöd bin.«

»Aber du bist nicht blöd«, stellte Harris fest.

»Danke, aber ich brauchte deine Beruhigung.«

»Wie lange brauchst du, um sie auszuschalten – zwei oder drei Minuten?«, fragte Tucker.

»Weniger.«

»Also los!«

Shirillo arbeitete schneller, als Tucker es gekonnt hätte. Er beklebte eine zweite Scheibe in der unteren Reihe, schnitt sie heraus und langte mit seinen Spezialwerkzeugen durch das Loch, um die Führungsringe vom Fensterrahmen zu lösen, sodass der Draht harmlos auf der Fensterbank lag und beim Heben des Fensters die Alarmanlage nicht betätigen konnte. Nach beendeter Arbeit steckte er die Werkzeuge in die Gürteltaschen zurück und schnallte den Gürtel unter seinem Anorak um. Er fasste mit beiden Händen durch die Löcher in den Fensterscheiben, öffnete den Riegel und schob das ganze Fenster so weit hoch, dass ein Mann darunter her kriechen konnte.

»Du zuerst!«, sagte Tucker.

Shirillo zog den Kopf ein und kroch hinein.

»Fass mit an!«, Tucker deutete mit einem Kopfnicken auf den immer noch bewusstlos am Boden liegenden Verletzten.

Er und Harris legten die Waffen aus der Hand, hoben den Mann vom Boden auf und schoben ihn durch die Fensteröffnung in das dunkle Zimmer, wo Shirillo ihn sanft auf den Teppich gleiten ließ. Die Arbeit war zeitraubender und verlangte mehr Behutsamkeit, als wenn der Mann tot gewesen wäre. Aber es war schon besser so. Viel besser. Zumindest ersparte man sich auf diese Weise eine Reihe hässlicher Albträume.

»Jetzt du!«, sagte Tucker.

Harris reichte die Thompson durchs Fenster und stieg rasch hinterher, um möglichst bald die Waffe wieder in Händen halten zu können. Es bedurfte einiger schmerzhafter Verrenkungen, um seinen massigen Körper durch den schmalen Spalt zu zwängen, aber er gab keinen Laut des Protests von sich.

Tucker hob die ausgeschnittenen Scheibenstücke auf, löste die Klebestreifen vom Fenster und reichte alles zu Shirillo hinein. Dann sah er sich noch einmal um, ob sie auch keine anderen Spuren ihrer Arbeit hinterlassen hatten.

Blut.

Er prüfte die Blutspuren auf dem Boden der Veranda, wo der Verletzte gelegen hatte. Es war nicht viel Blut, weil das meiste von den Kleidern des Verletzten absorbiert worden war. Das wenige, was durchgedrungen und auf den Boden gelangt war, war schon trocken und dunkler geworden. Selbst wenn jemand hier vorbeikommen sollte – und das war sehr unwahrscheinlich, wenn dies der Kontrollbezirk des Verletzten war –, würde er sich auf die Flecken am Boden keinen Reim machen können. Und wenn doch, nun, dann war es eben nicht zu ändern.

Er ließ den Blick ein letztes Mal über den nebelbedeckten Rasen wandern, von der Hecke an der Auffahrt bis zu den großen Bäumen.

Nichts.

Er horchte in die Nacht. Stille.

Außer von dem Verletzten waren sie von niemandem entdeckt worden. Ihre Chancen standen damit recht gut. Sie würden es schaffen. Das *fühlte* er – jenseits aller verstandesmäßigen Gründe. Der Erfolg gehörte ihnen. Das heißt: fast. Denn wenn Merle Bachman zum Reden gebracht worden war, würden sie alle hochgehen.

Er folgte Harris durch das Fenster ins Haus und schloss das Fenster hinter sich.

14

»Es ist eine Bibliothek, Freunde«, sagte Pete Harris, während Tucker den Strahl der Taschenlampe über die großen bequemen Sessel, einen überdimensionalen Eichentisch und die vollbesetzten Bücherregale gleiten ließ.

»Ein Ganove mit Kultur«, sagte Shirillo.

Tucker bewegte sich vorsichtig durch den Raum, bis er sicher war, dass die Luft rein war. Er fand die Tür zu einem kleinen Nebenraum und trug, zusammen mit Shirillo, den ohnmächtigen Verletzten hinein.

»Von nun an gibt es kein Zurück mehr«, stellte Harris fest.

»Wie Recht du hast«, sagte Tucker.

Behutsam öffneten sie die Tür zum Flur und traten, einer nach dem andern, in einen schwach beleuchteten Korridor hinaus. Sie zogen die Tür hinter sich ins Schloss. Auf der anderen Seite des Ganges befand sich eine weitere Tür, hinter der eine Treppe ins Dunkel hinabführte.

»Keller«, sagte Shirillo.

»Was ist im Keller?«

»Swimmingpool, Sauna, Gymnastikraum.«

»Dies ist der einzige Zugang?«

»Hm-m. Da unten hält sich zu dieser Nachtzeit keiner auf, wenigstens nicht im Dunkeln. Das ist so gut wie sicher.«

Tucker stierte in die Dunkelheit hinab, dann schüttelte er den Kopf. »Sieh trotzdem nach!«, sagte er.

Shirillo stieg, ohne zu murren, mit der Taschenlampe die Kellertreppe hinunter und verschwand.

Die Stille im Haus war erdrückend, zum Greifen dick und in Anbetracht des Zustands, in dem sie sich befanden, irgendwie unecht; es war, als würden sie auf Schritt und Tritt beobachtet, als wäre man auf sie vorbereitet.

Shirillo war noch keine drei Minuten am Fuß der Kellertreppe um die Ecke gebogen, als Harris seinen Posten, von dem aus er den Korridor übersehen konnte, verließ, sich an die offene Kellertür begab und in die rabenschwarze Finsternis hinabschaute. Sein Gesicht war gerötet, mit Schweißperlen besetzt, und er zitterte leicht.

»Nun komm schon, Freund!«, sagte er.

»Immer mit der Ruhe!«

»Wo steckt er denn nur?«

»Lass ihm noch ein paar Minuten Zeit!«

Harris trat in den Korridor zurück, sichtbar unzufrieden, hier so lange untätig warten zu müssen, die MP und die Pistole im Anschlag an der Hüfte. Tucker hoffte nur, dass niemand sie zufällig überraschen würde, denn darauf, dass Harris zunächst die Schalldämpferpistole benutzen würde, war kein Verlass. Er würde, aus reiner Gewohnheit, aus Notwendigkeit und aus Angst, mit der Thompson losballern. Und das wäre das Ende jeglichen Überraschungseffekts.

Zwei Minuten später war Shirillo wieder da. »Da unten ist keiner«, sagte er.

Harris lächelte und wischte sich mit dem Rücken der Pistolenhand den Schweiß aus dem Gesicht. Er hätte zu gern gewusst, ob er nur vor Angst schwitzte oder etwa auch vor allmählicher physischer Erschöpfung. Gott, wie alt er sich fühlte! Viel älter, als er in Wirklichkeit war. Und dabei würde dies nun doch nicht sein letzter Coup sein, denn das Geld war ja weg; aber der nächste musste einfach der Letzte sein.

»Sputen wir uns!«, sagte Tucker. Er befürchtete, die Gemütsruhe, für die er bekannt war, zu verlieren, wenn sie noch länger untätig blieben. Jetzt fehlte nur noch, dass auch er, wie Harris, das große Knieschlottern bekäme und die ganze Sache damit verpfuschte, während Jimmy, der Grünschnabel, die Ruhe bewahrte.

Rasch öffneten sie die Türen zu beiden Seiten des Ganges und vergewisserten sich, dass alle Zimmer in diesem Flügel leer waren. Im anderen Flügel, jenseits der Eingangshalle, wo die beleuchteten Zimmer lagen, würden sie schwierigere Verhältnisse antreffen.

Harris beobachtete die geschlossenen Türen zu den beiden beleuchteten Zimmern, die Luger und die MP schussbereit. Er war in Schweiß gebadet, und sein Atem kam schwerer als bei Tucker und Shirillo. Während er den Feuerschutz übernahm, öffneten die beiden anderen die vier Türen zur Hinterseite des Hauses und kontrollierten die Räume: ein kleines, fensterloses Kunstzimmer, die Wände geschmackvoll mit echten Ölgemälden behängt; die ultramoderne Küche; ein Vorratsraum, bis zur Decke voll mit Konserven, Weinregalen und noch nicht ausgepackten Whiskykartons; ein Badezimmer mit weißem Zottelteppich. In keinem der Zimmer ein Mensch. Fast gleichzeitig schlossen sie die letzten beiden Türen und kamen zu Harris, der aussah wie gerädert: die Venen und Arterien an Hals und Nacken standen hervor, der Kopf war vorgeschoben, die Schultern hochgezogen, die Füße gespreizt, die Beine gespannt und in den Knien gebeugt, die Arme weit ab vom Körper und die weißen Fingerknöchel um die Waffen gekrampft.

Tucker winkte Shirillo zu sich heran und übernahm mit ihm die hintere der beiden Türen, während er Harris die vordere zuwies. Auf ein Zeichen von Tucker stießen Shirillo und Harris die Türen zu den beleuchteten Zimmern weit auf, ohne sie jedoch gegen die Wände schlagen zu lassen.

Tucker sah, wie Harris schnell in dem Zimmer zu seiner Linken verschwand, als hätte er dort jemanden entdeckt, den es auszuschalten galt, aber er wartete das Ergebnis nicht ab. Die Tür, die Shirillo nach innen aufgestoßen hatte, kam bereits langsam wieder zurück, und er betrat, von Jimmy gefolgt, das Zimmer und sah sich einem kleinen, dicklichen, schnurrbärtigen, kahlköpfigen Mann gegenüber. Der Mann saß in einem Hollywood-Bett, ein offenes Buch in den Händen.

»Wer sind Sie?«, fragte der kleine Dicke.

Tucker richtete die Luger auf die glänzende Stirn des Mannes und sagte: »Maul halten!«

Der Mann hielt das Maul.

Tucker drehte sich zu Shirillo um. »Mit dem werde ich allein fertig. Sieh du nach, was unser Freund macht!«

Shirillo verschwand durch die Tür.

Tucker holte sich einen Stuhl herbei und ließ sich vor dem Unbekannten nieder. »Wer sind Sie?«

»Wer sind *Sie?*«, fragte der Unbekannte zurück. Das

Buch, in dem er gelesen hatte, war eine populärwissenschaftliche soziologische Studie über die Mentalität des Verbrechers, die seit neuestem die Bestsellerlisten erobert hatte. Tucker fand das reichlich komisch, aber er lachte nicht.

»Wer sind Sie?«, wiederholte er und rückte mit der Pistole näher.

Der Dicke kniff die Augen halb zu. »Keesey. Ich bin der Koch.«

»Bleiben Sie still sitzen, Keesey, und versuchen Sie nicht, Alarm zu schlagen! Wenn Sie nur ein einziges Mal den Mund unaufgefordert aufmachen, werden Sie ihn nie wieder aufmachen.«

Keesey hatte verstanden. Er saß steif und still da und sah Tucker aus ängstlich verkniffenen Augen an, bis Shirillo und Harris zwei Minuten später das Zimmer betraten.

»Nun?«, fragte Tucker.

»Alles klar, mein Freund«, sagte Harris. »Das Zimmer nebenan ist groß und wird von zwei von Baglios Männern bewohnt. Einer von ihnen war gerade beim Kaffeetrinken, als ich die Tür aufmachte. Er sah aus, als ob er einen Frosch verschluckt hätte, als er mich sah.«

»Und?«

»Ich hab ihn mit dem MP-Kolben unter dem Kinn erwischt. Ich glaube nicht, dass er sich den Kiefer gebrochen hat, aber er dürfte für eine Weile aus dem Verkehr sein. Jimmy hat ihn sicherheitshalber mit den Bettlaken gefesselt.«

»Sein Zimmergefährte?«, fragte Tucker.

»Das wird der sein, den du draußen erwischt hast.« Harris wandte sich direkt an Keesey. »Was haben wir denn hier?« Sein Lächeln war humorlos. Tucker erkannte deutlich, dass Harris sich dem Rand des Abgrunds näherte; er reagierte ohne Grund feindselig auf alles und jeden.

»Den Koch«, sagte Tucker.

»Und was sagt er?«

Tucker wandte sich wieder an Keesey. »Wie viele bewaffnete Leute hat Baglio im Haus?«

»Keinen«, antwortete Keesey.

Tucker beugte sich vor, nahm ihm sanft das Buch aus den Händen, markierte die Stelle mit der Klappe des Schutzumschlags, legte das Buch aus der Hand und schlug dem Dicken den Pistolenknauf auf den Schädel.

Keesey konnte gerade noch rechtzeitig den Aufschrei unterdrücken. Er rutschte tiefer in die Kissen und rieb sich den schmerzenden Kopf; sein Atem kam stoßweise.

»Wie viele bewaffnete Leute hat Baglio im Haus?«, wiederholte Tucker.

»Nur zwei.«

»Die beiden im Zimmer nebenan?«

»Ja.«

»Sie halten Nachtwache?«

»Ja.«

»Und am Tag?«

Der Koch rieb sich den kahlen Schädel und beäugte seine Hand, als müsste sie über und über mit frischem Blut bedeckt sein. »Die meiste Zeit brauchen wir am Tag keine Wachen. Mr. Baglio hat nur jeden zweiten Montag und Dienstag welche hier.«

»Was meinst du?«, fragte Shirillo. Er lehnte an der Wand vor dem Bett und sah, wenn möglich, noch dünner und schwächer aus als sonst.

Tucker zuckte die Achseln. »Schwer zu sagen, ob er lügt.«

»Wieso sollte ich lügen?« Der Koch tastete über seine zarte Kopfhaut.

»Wer ist im Moment oben?«, fragte Tucker.

»Mr. Baglio, Henry Deffer, Louise und Martin Halverson – und Loraine.«

»Deffer ist der Chauffeur?«

»Ja.«

»Wer sind die Halversons?«

»Das Hausdienerpaar.«

»Wie alt?«

»Fünfzig?«, sagte der Koch fragend. Dann nickte er und hielt sich den Nacken, weil das Nicken ihm Schmerzen bereitet. »Ja, um die fünfzig.«

»Ist er bewaffnet?«

»*Halverson?*«, fragte der Koch ungläubig.

»Ja, Halverson.«

»Natürlich nicht.« Der Koch kicherte. »Haben Sie Halverson schon mal gesehen?«

»Nein.«

»Ja, dann …«

»Wer ist diese Loraine?«, fragte Tucker.

Der Koch errötete tatsächlich und vergaß für einen Moment seine schmerzenden Wunden. Das Erröten breitete sich von seinem Gesicht auf seinen glänzenden Schädel aus. »Sie ist eine sehr nette junge Dame, ein reizendes Mädchen. Sie ist Mr. Baglios … äh, seine … nun ja, die Dame des Hauses.«

»Sie schlafen zusammen?«

»Ja.«

»Sie ist blond, schlank, gut gewachsen, groß?« Tucker dachte an die Blondine, die aus dem demolierten Cadillac gestiegen war.

Der Koch errötete noch tiefer und sah hilflos zu den beiden anderen Männern, als erwarte er von ihnen, dass sie ihm die Beantwortung dieser Frage erlassen könnten. Schließlich brachte er widerstrebend hervor: »Ja, das ist sie.«

Tucker lächelte. »Und nun wäre ich Ihnen sehr zu Dank verbunden, wenn Sie mir die genaue Lage der einzelnen Zimmer angeben könnten …«

»Was haben Sie mit ihnen vor?«

»Das ist nicht Ihre Sache.«

»O doch. Ich könnte meinen Job verlieren.« Keesey legte eine Hand auf seinen Bauch, wie um zu zeigen, welch empfindlichen Verlust er in dem Fall erleiden würde. »Werden Sie Mr. Baglio töten?«

»Nein«, sagte Tucker. »Nur wenn er uns dazu zwingt.«

Keesey sah sie der Reihe nach an, schien zu einem Entschluss zu kommen, nickte und beschrieb in knappen Worten die Lage der Räume im Obergeschoss. Deffer und die Halversons wohnten direkt über ihm, während Baglio und die Dame des Hauses allein den größeren Flügel auf der anderen Seite der Treppe bewohnten.

»Und nun zu dem Mann, der bei dem Autounfall schwer verletzt wurde …« Tucker lächelte, obwohl ihm nicht danach zumute war, bereit, erneut mit der Pistole nachzuhelfen, wenn es sich als nötig erwies. Diesmal würde er dafür sorgen, dass die Visiervorrichtung ein wenig mehr von Keeseys zarter Haut abschürfte.

»Darüber weiß ich nichts«, sagte Keesey.

»Sie haben doch für ihn gekocht!«

»Er darf nur flüssige Nahrung zu sich nehmen.«

»Ist er oben?«

»Nein.«

»Das haben Sie doch gerade angedeutet, als Sie von seiner Spezialdiät sprachen.«

»Sie haben ihn am Vormittag abtransportiert.«

»Lebend?«

Keesey wand sich und setzte ein beleidigtes Gesicht auf.

»Natürlich lebend«, sagte er.

»Wohin haben sie ihn geschafft?«

Keesey rieb sich den Kopf. Kratzte sich den Schnurrbart. »Darüber weiß ich nichts.«

»Sie haben nicht nachgefragt?«

»Ich pflege Mr. Baglio keine Fragen zu stellen.«

Tucker nickte, musterte Keesey scharf, dann gab er Shirillo einen Wink. »Fesseln und knebeln!«, sagte er.

Shirillo brauchte weniger als fünf Minuten, dann kam er zu den beiden anderen auf den Korridor hinaus.

»Wollen wir auch jetzt noch nach oben?«, fragte er.

»Warum nicht?«

»Wenn Bachman doch nicht da ist …«

»Er ist da. Da bin ich ganz sicher«, sagte Tucker. »Keesey, der kleine Halunke, hat doch gelogen.«

»Bist du sicher?«

Tuckers breites Lächeln war auch in der trüben Nachtbeleuchtung sichtbar. »Meinst du etwa, Keesey sei nicht fähig, uns irreführen zu wollen?«

»Wenn ich ehrlich sein soll, ja.«

»Wieso? Weil er dick und fett ist und rot wird wie ein Schulmädchen?« Tucker schüttelte den Kopf und ließ seinen Blick an Shirillo auf und ab wandern. »Wenn das so ist, dann würde ich sagen, du taugst nicht für diesen Job, weil du zu dünn und zu jung bist. Aber du bist da, und du hältst dich sogar recht wacker.«

»Okay«, sagte Shirillo. »Dann ist Bachman also oben. Kein schlechtes Zeichen, oder? Das heißt doch, dass er noch nicht geredet hat.«

»Vielleicht.«

Harris sagte: »Freunde, wir vertrödeln unsere Zeit.«

»Recht hast du!«, sagte Tucker. »Gehen wir also hinauf und begrüßen wir Mr. Baglio!«

15

Sie gingen über die Hintertreppe ins Obergeschoss hinauf und befanden sich in dem Flügel, wo Deffer und die Halversons ihr Quartier hatten. Tucker lauschte in den stillen Korridor hinein, blinzelte in die tiefe Dunkelheit, dann winkte er Harris und Shirillo an die Tür zur Linken, wo – laut Keesey – das Hausdienerpaar schlafen musste, während er selbst an die erste Tür zur Rechten herantrat und sich horchend dagegenlehnte. Er konnte nichts hören, nicht das leiseste Geräusch. Falls Henry Deffer durch die gedämpften Stimmen in Keeseys Zimmer – genau unter seinem eigenen – geweckt worden war, dann zeugte dies von einer erstaunlichen Kaltblütigkeit. Tucker drehte den Türknopf langsam bis zum Anschlag herum und drückte die Tür nach innen. Als hätten sie auf dieses Signal gewartet, betraten Harris und Shirillo auf der anderen Seite des Korridors das Zimmer der Halversons, schalteten dort das Licht an, und für einen kurzen Moment zeichnete sich Tuckers Gestalt im Gegenlicht ab, bis er selbst den Lichtschalter neben Deffers Zimmertür gefunden hatte.

In dem plötzlich aufflammenden grellen Licht richtete sich der alte Mann im Bett auf, als hätte ihn ein Elektroschock durchfahren, glitt schnell an den Bettrand, schob die weißen Füße in ein Paar abgetretener Hausschuhe und wollte aufstehen.

»Sitzen bleiben!«, sagte Tucker.

Deffer sah aus wie ein gerupfter Truthahn, der dürre Hals leuchtend rot, die Bartstoppeln wie die beim Rupfen vergessenen Stoppelfedern. Er sah Tucker finster an und schmatzte mit den Lippen, als wollte er seinem Gegner die Augen auspicken.

»Sitzen bleiben und ganz ruhig sein!«, wiederholte Tucker.

Deffer warf einen sehnsüchtigen Blick auf die nur drei Schritte entfernte Schublade der Kommode. Er hob die Arme wie Flügel, ließ sie sinken, als er merkte, dass er doch nicht fliegen konnte, fühlte sich ertappt und wandte den Blick von der Schublade ab, wieder zu Tucker hinüber.

»Strolch!«, sagte er, und der Klang des Wortes gefiel

ihm offensichtlich. Er verzog sein graues Gesicht und sagte es gleich noch einmal: »Strolch!« Dann setzte er sich, zufrieden darüber, dass er sich noch nicht völlig hatte einschüchtern lassen, wie befohlen aufs Bett.

Tucker ging zur Kommode, öffnete die oberste Schublade und nahm eine Marley .38 von dem sauberen Stapel sorgsam gefalteter Unterwäsche. Es war eine bildschöne Waffe, gut gepflegt und voll geladen.

»Die gehört mir!«, fauchte der Truthahn.

Tucker drehte sich zu ihm um und legte ihm den langen Pistolenlauf quer über die Lippen, um ihm die Notwendigkeit äußerst leisen Sprechens zu bedeuten. »Leise, habe ich gesagt, oder das Ding geht los.«

Deffer versuchte seine Bestürzung zu überspielen.

Tucker entlud die Marley, nahm sich auch angesichts der gebotenen Eile noch Zeit, die herrliche Waffe zu bewundern, schob die leere Pistole und die Patronen in seine leere Anoraktasche und zog den Reißverschluss zu.

»Völlig aussichtslos, was Sie da machen, Sie Strolch!«, sagte Deffer.

Tucker trat mit einem falschen Lächeln an seine Seite und richtete das kalte Ende des Schalldämpfers gegen seine Stirn. »Flüstern, habe ich gesagt!«

Deffer machte ein grimmiges Gesicht. Seine Zähne, in einem Glas Wasser auf dem Nachttisch, grinsten wie eine Cheshirekatze. Ohne sein Gebiss sah er älter aus, als er war. »Was wollen Sie?«, fragte er, leise flüsternd.

»Warum legen Sie sich nicht ganz entspannt aufs Bett«, sagte Tucker.

»Weil ich nicht will«, sagte der Truthahn unter erneutem Flügelschlagen und Lippenschmatzen.

»Das war keineswegs als Frage gemeint«, sagte Tucker geduldig und winkte mit dem Pistolenlauf.

Deffer legte sich auf den Rücken.

Tucker zog einen Stuhl ans Bett und setzte sich. Sitzend war er längst nicht so nervös, weil er die Schwäche in den Beinen nicht mehr spürte. »Ich werde Ihnen nunmehr ein paar Fragen stellen, und Sie beschränken sich aufs Antworten. Lügen Sie, so werde ich dafür sorgen, dass die Organisation Ihre Altersrente nicht mehr an Sie auszahlen muss.«

Deffer sagte nichts. Er stierte Tucker aus seinen bösartig funkelnden, rot geränderten Augen an und lag stocksteif da wie auf einer Holzpritsche.

»Wo hält Baglio den Mann versteckt, der am Dienstagmorgen den Chevrolet zuschanden gefahren hat?«, fragte Tucker.

Deffers Augen leuchteten auf. Offensichtlich hatte er den Zusammenhang mit den Ereignissen vom Dienstagmorgen noch gar nicht gesehen. Für Tucker war das die sicherste Erklärung dafür, warum Baglio, der weit jüngere von beiden, das Steuer – bildlich gesprochen – in der Hand hatte, während dies auf Deffer, den Chauffeur, nur wortwörtlich zutraf.

Deffer hüstelte mit einem breiten Grinsen. »Das werdet ihr noch bereuen, ihr Strolche! Im Haus wimmelt es von Wachen.«

»Sie lügen«, sagte Tucker.

»Das wird sich zeigen.«

»Ich habe bereits mit Keesey gesprochen. Zwei Wächter. Einer liegt, gefesselt und geknebelt, unten; der andere hat sich eine Kugel eingefangen.«

»Tot?«, fragte der Truthahn, und sein Grinsen erstarb.

»Noch nicht.« Tucker erkundigte sich erneut nach Bachman.

»Er ist abtransportiert worden«, sagte Deffer. Sein verschrumpeltes graues Gesicht zeigte keinen Ausdruck mehr; er sah nur noch alt und müde aus. Aber das war nicht echt; es war ein Pokergesicht, hinter dem sich wer weiß was verbarg. Deffer war sicher nicht außergewöhnlich intelligent, aber er hatte für einen Mann seines Alters erstaunlich viel Courage und eine Raffiniertheit, an der sich mancher die Zähne ausbeißen konnte.

»Tot?«, fragte diesmal Tucker.

Deffer betrachtete die schallgedämpfte Luger jetzt mit mehr Respekt als bisher, aber auch das konnte gespielt sein, genau wie sein müder Gesichtsausdruck. »Nein«, sagte er.

»Wohin haben sie ihn geschafft?«

»Keine Ahnung.«

»Mumpitz! Sie sind hier der Chauffeur.«

»Sie haben ihn nicht mit dem Auto fortgeschafft.«

»Wie dann?«

»Krankenwagen.«

»Schon wieder gelogen. Das Letzte, was Baglio sich wünscht, ist, dass die Verletzungen des Mannes publik werden. Die Polizei könnte im Krankenhaus herumschnüffeln, und unser Mann könnte ausplaudern, was hier Dienstag vorgefallen ist. Baglio hat kein Interesse daran, dass jemand von den Geldtransporten alle zwei Wochen erfährt.«

»Es war ein privater Krankenwagen«, kreischte der Truthahn. In seinem Gesicht zeichnete sich jetzt eine aufkommende Angst ab, eine offenkundig gespielte Angst.

»Was soll das nun wieder heißen?«

»Dass man ihn nicht notwendigerweise ins Krankenhaus transportiert hat.«

»Wohin dann?«

»Ich weiß es nicht.«

»Die ganze Geschichte ist erlogen«, sagte Harris. Er war, von Tucker ungehört, ins Zimmer gekommen und stand nun neben Tuckers Stuhl, die Maschinenpistole auf Deffer gerichtet.

Deffer schluckte mühsam. Vielleicht hatte er vor schweren Waffen wirklich Respekt. Das ließ sich nicht mit Sicherheit sagen.

»Habt ihr die Halversons ausgefragt?«, erkundigte sich Tucker.

»Noch nicht.« Harris deutete mit der Waffe auf Deffer. »Aber dieses alte Schwein lügt doch das Blaue vom Himmel herunter. Wer ein Leben lang für Baglio gearbeitet hat, der hat doch längst vergessen, was Wahrheit bedeutet, Freund.«

»Ich glaube, du hast Recht«, sagte Tucker. »Unser Mann ist noch im Haus – oder er ist tot.«

»Über diese Möglichkeit wollte ich gerade mit dir sprechen«, sagte Harris. Er schwitzte noch immer übers ganze Gesicht.

»Sofort. Ich will mich nur rasch um Großvater kümmern.«

»Das ist sehr schnell geschehen«, sagte Harris. Er trat mit ein paar raschen Schritten an Deffers Bett heran, verlagerte den Griff an der Waffe und schlug dem Alten den schweren Metallkolben unters Kinn. Der Alte schnappte nach Luft, bäumte sich noch einmal auf und lag still. Blutiger Schaum trat auf seine Lippen, und ein gelblicher Fleck bildete sich an seinem Kinn und Hals.

»Das war nicht nötig«, sagte Tucker.

»Keine Gefahr für seine Zähne, Freund«, sagte Harris. Er benutzte dieses ›Freund‹ viel zu oft, er war gereizter als je zuvor.

»Ich wollte ihn fesseln und knebeln.«

Harris stieß dem Alten den Lauf der Maschinenpistole in die Seite und sagte: »Er ist nur bewusstlos. Auf jeden Fall steht er uns so nicht im Weg, und wir haben Zeit gespart.«

Tucker stand auf und fühlte wieder das Zittern seiner Knie. »Du sagtest, du wolltest mit mir sprechen.«

»Ja.« Harris ging ans Fenster, sah hinaus, drehte sich um und lehnte sich an die Wand. Flüsternd fuhr er fort: »Was ist, wenn Bachman geredet hat? Wenn sie ihn umgelegt haben?«

»Dann verschwinden wir von hier und tauchen für eine Weile unter, bis sie uns vergessen haben.«

Harris schüttelte heftig den Kopf. »Nein, das kann ich mir nicht leisten. Für mich ist bei dieser Sache nichts herausgesprungen, und ich brauchte das Geld. Ich habe eine andere Idee.«

Tucker wußte im Voraus, was es war, aber er fragte trotzdem.

»Wenn sie Bachman ausgequetscht haben, dann müssen wir Baglio umlegen, vielleicht auch Deffer und vielleicht auch noch den Wächter unten.«

»Und was ist mit dem Mädchen, Loraine?«

Harris war ehrlich verblüfft. »Wieso?«

»Baglio schläft mit ihr«, erklärte Tucker geduldig. »Er ist gut fünfzig, und sie nicht mal halb so alt. Sie sieht verdammt gut aus, solche Mädchen erwecken manchmal so was wie Dankbarkeitsgefühle in einem so alten Mann. Vielleicht ist sie für ihn mehr als nur ein Betthase, einer von vielen, vielleicht hat er ihr mehr von seinen Privatangelegenheiten erzählt, als für uns gut ist. Ich kenne andere Männer, die sich schon auf diese Weise zum Narren gemacht haben.«

Harris musste kurz überlegen. »Gefällt mir nicht«, sagte er dann, »aber wenn's sein muss, legen wir auch sie um.«

»Und die Halversons?«

»Was wissen die denn schon?«, sagte Harris zuversichtlich. »Ein Mann wie Baglio plaudert doch nicht geschäftlich mit dem Küchenmädchen und dem Butler.«

»Hausdiener.«

»Egal.«

Tucker schüttelte traurig den Kopf und kontrollierte Deffers Puls und Atem. Er riss den Kopfkissenbezug in Streifen und sagte: »Pete, du bist ganz übel dran. Ich rate dir, dich sobald wie möglich zur Ruhe zu setzen.«

»So, meinst du?«

Tucker nickte, ohne ihn anzusehen, und begann Deffers Füße zu fesseln. »Wenn du Baglio und die andern umbringst, haben wir es mit der Polizei zu tun. Die schwarze Schminke macht uns doch nicht unsichtbar! Damit könnten wir allenfalls Baglios Spürhunde von unserer Spur ablenken, aber die Polizei würde sich Keeseys und Halversons Beschreibungen anhören und mit deinem Foto aus einer der Millionen Verbrecherkarteien in Verbindung bringen. Zugegeben, die Aussicht, auf diese Weise erwischt zu werden, ist gering, aber möchtest du es riskieren? Möchtest du wirklich alle im Haus umlegen, bis hinunter zur Dienerschaft?«

Harris räusperte sich leise und stieß sich von der Wand ab. Ihm fiel nichts ein, was er hätte sagen können. Er hatte sich in Tuckers Augen lächerlich gemacht. Das war zu viel.

Tucker wälzte Deffer auf den Bauch, band ihm die Hände hinter dem Rücken zusammen und rollte ihn wieder herum. Ihn zu knebeln war wohl überflüssig. Wenn er wieder zu sich käme, würden alle im Haus längst wissen, daß ungebetene Gäste da wären.

»Trotzdem ...«, versuchte Harris schließlich das Schweigen zu unterbrechen.

»Und selbst wenn du alle im Haus umbringst«, fuhr ihm Tucker ins Wort, »woher willst du wissen, ob Baglio nicht schon anderen Leuten mitgeteilt hat, was er von Bachman weiß – vielleicht diesem Lackaffen Chaka? Wenn es so ist, hattest du sie alle umsonst umgebracht.«

»Eins hast du übersehen«, sagte Harris. »Dies ist nämlich schon jetzt ein Fall für die Polizei. Denk an den Wächter, den du angeschossen hast!«

»Blödsinn! Das kannst du dir doch an fünf Fingern ausrechnen! Den Mann wird Baglio von seinem eigenen Arzt wieder zusammenflicken lassen.«

Natürlich, das wußte auch Harris, aber er ließ nicht

locker. »Ich kann mir aber nicht leisten, für ein Jahr unterzutauchen, verdammt noch mal!«

Um Harris vom Thema abzulenken, sagte Tucker: »Und wenn wir nun dieses Haus mit einem Haufen Geld verlassen, der dir ein Jahr oder länger über die Runden hilft?«

»Wie denn das?«

»Wart's ab«, sagte Tucker, weil er selbst keine richtige Antwort wusste.

Sie löschten das Licht und verließen Deffers Zimmer und zogen die Tür hinter sich zu.

Jimmy Shirillo wartete bei den Halversons. Er stand in der Nähe der Tür, und sie saßen am Kopfende ihres Messingbettes, gefesselt und geknebelt, die Hände an die Messingstäbe hinter ihnen gebunden. Sie war eine schmalgesichtige, eigentlich recht hübsche Frau, aber mit einem traurigen Zug um die Augen, der all ihre Enttäuschungen im Leben verriet. Ihren Mann, lang aufgeschossen, dürr und blass, mit buschigen Brauen und riesigen Schlappohren, hatten die Jahre noch weniger geschont. Er wirkte unterwürfig, servil. Und verschreckt.

»Fragen?«, fragte Shirillo.

Tucker sah zu den beiden auf dem Bett hinüber und erkannte genau, was Keesey gemeint hatte.

»Keine Fragen. Es würde mich wundern, wenn sie überhaupt wissen, wer Baglio ist. Ich habe das Gefühl, unser Mann hätte vier Wochen hier im Haus sein können, ohne dass die beiden es überhaupt gemerkt hätten.«

Shirillo nickte. »Sie waren so bereitwillig und entgegenkommend. Fast hätten sie sich gegenseitig gefesselt.«

»Wir müssen die übrigen Zimmer auf dieser Seite kontrollieren«, sagte Tucker. »Sicherheitshalber.«

In den letzten zwei Räumen des kleineren Flügels

fanden sie den Beweis, dass sowohl Keesey als auch Deffer gelogen hatten: zwei benutzte Schlafzimmer mit vollen Schränken. Eine oberflächliche Prüfung genügte Tucker, um sich zu überzeugen, dass zwei weitere Wächter anwesend, aber bisher noch nicht in Erscheinung getreten waren.

»Ich hätte nie gedacht, dass der Koch uns anlügen könnte«, sagte Harris. Er hatte seine Luger in die Tasche gesteckt und streichelte mit der freien Hand seine Maschinenpistole.

»Hat er aber«, sagte Tucker. »Und als Deffer von mehr als zwei Wächtern sprach, dachte ich, *er* lügt.«

»Aber wo sind sie?«, fragte Harris. Besorgt lugte er ins unbeleuchtete Treppenhaus, in den längeren Teil des Korridors, dann in den kürzeren.

»Sie müssen noch draußen sein«, sagte Shirillo. Er hatte nichts von seiner Ruhe verloren. Das Ausmaß seiner Anpassungsfähigkeit hatte ihn selbst und Tucker überrascht. Mochte Harris auch als unzuverlässig ausscheiden, auf Shirillo würde sich Tucker immer noch verlassen können.

»Sie müssen uns gesehen haben«, beharrte Harris.

Seine Stimme war rau und zittrig. »So wie wir hier im Haus das Licht an- und ausgeschaltet haben, da muss doch jeder draußen ...«

»Wann haben wir denn schon Licht gemacht?«, sagte Shirillo. »Meistens haben wir die Taschenlampe benutzt, und ihr Schein dürfte durch die Vorhänge nicht nach draußen gefallen sein. Die Deckenbeleuchtung haben wir nur im Kunstzimmer, im Vorratsraum und im Schlafzimmer der Halversons eingeschaltet. Die ersten beiden Räume haben keine Fenster, und das dritte allein dürfte noch keinen Verdacht erregt haben. Ich glaube, die Wachen sind hinter dem Haus, darum ist es auch unwichtig, ob wir in irgendwelchen vorderen Zimmern Licht gemacht haben oder nicht.«

Gut. Sauber und logisch gedacht. Wenn sie hier je wieder herauskämen – so viel war für Tucker klar –, würde er mit Shirillo gern wieder zusammenarbeiten. Zu Harris, mit dem er bestimmt nie wieder zusammenarbeiten würde, sagte er: »Ich bin da ganz Jimmys Meinung.«

»Okay, Freunde, selbst wenn das stimmt, ändert es nichts. Selbst wenn die beiden noch nicht entdeckten Wächter keine Ahnung von unserer Anwesenheit haben sollten, sie sind auf jeden Fall irgendwo da unten. Sie könnten jetzt jederzeit ihre Wache abbrechen oder auf eine Tasse Kaffee ins Haus kommen, und dann ist alles aus.« Die letzten beiden Worte kamen ihm so gepresst aus der Kehle, wie wenn man Sirup durch ein feinmaschiges Sieb rinnen lässt.

»Andererseits«, sagte Tucker, »könnten wir auch alles erledigt haben, ehe sie überhaupt etwas merken.«

»Unwahrscheinlich«, meinte Harris. Er revidierte sich sofort: »Unmöglich.«

»Trotzdem«, beharrte Tucker, »unsere beste Chance liegt darin, schnell zu handeln und den Hubschrauber herbeizuholen. Statten wir also Mr. Baglio unseren Antrittsbesuch ab!«

Sie schalteten das Licht im Zimmer der Halversons aus und schlossen die Tür. Dann gingen sie schnell zur Treppe, wo Tucker sich an Harris wandte: »Du bleibst hier und überwachst mit der Thompson die Treppe, auch die Hintertreppe, falls jemand von dort in den Korridor kommt.«

»Bekomme ich ein Walkie-Talkie?«

»Nicht nötig. Wenn es Ärger gibt, hören wir das Geratter der MP, egal, wo wir gerade sind.«

»Okay«, sagte Harris. Er trat ins Dunkel zurück und war fast unsichtbar.

Tucker und Shirillo trennten sich und untersuchten die übrigen Räume bis auf den, in welchem – laut Keesey – Baglio und Loraine schliefen. In keinem der Zimmer fanden sie etwas, das der Rede wert gewesen wäre – und natürlich auch keine Spur von Merle Bachman. Sie trafen sich vor der letzten Tür, drehten den Türknopf, stießen die Tür nach innen und ließen die Taschenlampe aufflammen.

16

Einen Moment lang dachte Tucker, das Zimmer sei leer und Keesey habe wieder gelogen, denn es herrschte Grabesstille darin. Dann begann es sich auf dem großen Bett zu rühren, der Hügel aus Laken und Decken wurde beiseite gestoßen, und die Frau blinzelte ins Licht, wälzte sich herum und sprang auf die Füße, das Gesicht angespannt wie bei einem angeschlagenen Boxer, der sich benommen aufrappelt und plötzlich merkt, dass er am Rande der Niederlage steht.

»Was, zum Teufel, soll das?!«, fragte sie.

Sie trug ein bodenlanges, zerknittertes, offenbar sehr bequemes Flanellnachthemd – ein Zeichen dafür, dass ihr Verhältnis zu Baglio mehr als nur flüchtig war. Wäre sie lediglich jemand gewesen, der vorübergehend sein Bett teilte, so hätte sie nackt oder in einer Art Babydoll-Aufmachung geschlafen, um einen Mann wie Baglio zu einer Verlängerung des Verhältnisses zu bewegen. Das Flanellnachthemd war ein Symbol ihrer Unabhängigkeit und ihrer gesicherten Stellung innerhalb Baglios Haushalt. Sie brauchte ihren Sex nicht werbend herauszustellen; sie konnte darauf vertrauen, dass es bei Baglio keiner ständig wiederholten Erinnerung bedurfte und dass es andere Dinge gab, die sie für ihn interessant machten.

Sie hielt die Hände seitlich ausgestreckt, so als wäge

sie ihre Position und ihre Chancen, aus dem Zimmer zu fliehen.

»Völlig aussichtslos«, sagte Tucker.

»Achtung! Baglio!«, rief Shirillo.

Baglio war auf der anderen Seite aus dem Bett gestiegen und langte in die obere Schublade seines Nachttisches. Als er eine kleine Pistole hervorzog, feuerte Tucker einen Schuss auf seine Hand ab. Es hätte ihn nicht weiter beunruhigt, ob Baglios Hand auch weiterhin noch zum Golfspielen getaugt hätte oder nicht, aber die Kugel traf nicht die Hand, sondern prallte vom Pistolengehäuse ab. Baglio ließ mit einem Aufschrei die Waffe fallen.

Die Frau war von der Aussichtslosigkeit ihres Vorhabens noch nicht ganz überzeugt und machte ein paar Schritte auf die Tür zu. Als Tucker zwei weitere Schüsse vor ihr in den Fußboden feuerte, schien sie die Situation begriffen zu haben und begnügte sich damit, ihn wütend anzustarren.

Sogar in dem gelben Flanellhemd war sie eine auffallend schöne Frau, und sie erinnerte ihn an Elise Ramsey. Die Ähnlichkeit begründete sich weniger auf Aussehen oder Maße als auf die Pose – beherrscht, selbstbewusst und im Übrigen eine Art, die etwas so Faszinierendes hatte, dass er Baglios Griff zur Waffe übersehen hatte.

Auf der anderen Seite des Bettes rieb sich Baglio, nur mit einer kurzen blauen Hose bekleidet, die gefühllose Hand. Er sagte: »Sie hätten mich treffen können, Sie Idiot!«, und es klang wie ein Schulmeister, der ein Kind wegen einer Gedankenlosigkeit zurechtweist.

»Unsinn!«, sagte Tucker. »Ich bin ein hervorragender Schütze.« Er wußte nicht, ob Baglio ihm abnehmen würde, in einem dunklen Zimmer, auf so große Entfernung und mit einer mit Schalldämpfer versehenen Pistole so genau zielen und treffen zu können, aber es konnte ja nicht schaden, sich ein bisschen aufzuplustern. »Und glauben Sie nur nicht, ich würde davor zurückschrecken, auf Ihre Hand zu zielen, falls Sie sie noch einmal ausstrecken.«

»Ich weiß nicht, was Sie von mir wollen«, sagte Baglio, unbeeindruckt von Tuckers Bravourleistung. »Aber es war ein Fehler, in mein Haus einzubrechen. Wissen Sie überhaupt, wer ich bin?« Wirklich, ein Schulmeister.

»Der berühmte Rossario Baglio«, sagte Tucker. »Und nun kommen Sie mit!«

Baglio passte sich der Situation mit bewundernswertem Aplomb an, keineswegs verängstigt durch die schwarz bemalten Schreckgespenster mit ihren Kapuzen und Schalldämpferpistolen und nicht im Geringsten gedemütigt durch die Tatsache, dass er sich in Unterhosen darbot. Er hatte seine Gegner bereits in groben Zügen eingeordnet und wusste, dass die Gefahr, die von ihnen ausging, nicht tödlich war. Und er brauchte sich seines Körpers weniger zu schämen als die meisten Männer, auch wenn sie fünfzehn Jahre jünger waren als er: von den breiten Schultern bis hinab zu dem faltigen, aber verhältnismäßig flachen Bauch war er in guter Verfassung; es war offenkundig, dass er von dem Swimmingpool, der Sauna und dem Gymnastikraum im Keller Gebrauch machte. Sicher war ihm die Dame Loraine Motiv genug, fit zu bleiben. Und ebenso sicher war sie es, die Baglio veranlasste, der Situation mit so viel Kühle zu begegnen: ein Mann lässt sich nur ungern vor einer Bettgenossin zum Narren halten.

»Mitkommen – wohin?«, fragte Baglio.

»Nur eben über den Flur.«

»Ich zieh mir nur rasch was an ...« Baglio wandte sich zum Kleiderschrank. Er war bemüht, eine gute Figur abzugeben. Er brauchte sich eigentlich nur noch sein silbergraues Haar zu kämmen, und er hätte sich im Fernsehen mit einer Ansprache präsentieren können – vielleicht als Präsidentschaftskandidat.

»Dazu ist keine Zeit«, sagte Tucker.

Im Arbeitszimmer auf der anderen Seite des Flurs stellte Shirillo zwei Stühle nebeneinander mitten auf den Teppich und winkte den beiden mit der Luger, Platz zu nehmen.

»Sie haben noch immer nicht erklärt, was Sie wollen«, sagte Baglio. Er spielte weiter den Schulmeister: die Lippen zusammengepresst, die Nasenflügel vor Verärgerung gebläht, ein grimmiger Blick in den Augen. Er würde sie noch zum Nachsitzen bestellen, wenn sie ihr Verhalten nicht bald änderten.

»Wir suchen einen Freund«, sagte Tucker.

»Ich verstehe nicht.«

Loraine lachte leise – Tucker vermochte nicht zu sagen, ob das Lachen ihm oder Baglio galt. Oder ihr selbst.

»Er war am Dienstagmorgen in dem Auto. Der Fahrer.«

Loraine sah auf und lächelte – nicht hämisch, aber auch nicht freundlich, eher vergnüglich, so als erinnere sie sich mit unverhohlener Belustigung an die Karambolage.

»Ich bedaure, dass Sie sich umsonst herbemüht haben«, sagte Baglio.

»Wirklich?«

»Ja. Der Fahrer ist gestorben.«

Tucker lächelte. »An Altersschwäche?«

»Es hat ihn ziemlich böse getroffen«, stellte Baglio, beinahe gleichgültig, fest. »Er starb gestern.«

»Und seine Leiche?«

»Begraben.«

»Wo?«

»Oh, ich verfüge über einen eigenen Friedhof hier.« Baglio befleißigte sich einer gepflegten Sprechweise. Entweder hatte er als Kind nur die besten Schulen besucht, oder er hatte in mittleren Jahren Privatunterricht genommen. Das letztere war wahrscheinlicher als das erstere. Er war offensichtlich stolz auf seine Wortwahl, seine Schlagfertigkeit, seine deutliche gepflegte Aussprache. »Jedes Grab mit der entsprechenden Inschrift im nächsten Baum.« Er sah mit einem gewinnenden Lächeln zu der Frau hinüber und entlockte ihr ein Kichern.

Tuckers nächster Schritt war allein vom Verstand diktiert. Es war klar, dass weder Baglio noch die Frau mit irgendeiner Gefahr für Leib und Leben rechneten und dass das Verhör zu nichts führen würde, solange sie sich in Sicherheit glaubten. Mit einem unzufriedenen Knurren schlug Tucker die Luger an Baglios Kopf, und sofort bildete sich eine breite blutige Kratzspur von der Schläfe bis zum Kinn.

»Hören wir auf mit diesen Spielchen, nur um der Dame zu imponieren«, sagte Tucker. »Es ist an der Zeit, dass Sie endlich begreifen, in welch absolut unerfreulichen Lage Sie sich befinden.«

Baglio betastete sein blutiges Gesicht und starrte ungläubig auf seine roten Finger. Dann hob er den Kopf zu Tucker, und der amüsierte Ausdruck in seinem Gesicht hatte sich in Hass verwandelt. »Sie haben sich soeben die Vormerkung für eines der Gräber auf meinem Privatfriedhof erworben«, sagte er mit unveränderter Stimme. Der Schulmeister erteilt dem bösen Buben die Strafe.

So sehr es seinem Geschmack zuwiderlief, holte Tucker erneut aus und versah Baglios bisher heile Wange mit einem blutroten Streifen.

Baglio sprang von seinem Stuhl, den Kopf gesenkt wie ein angriffslustiger Stier, dann sank er mit einem Aufschrei zurück, als Shirillos Pistole mit brutaler Gewalt von hinten auf seine rechte Schulter traf. Er sank vornüber, als ob er sich übergeben müsse. Allmählich sah man ihm sein Alter an.

Auch das Mädchen sah mit einem Mal älter aus.

Sie fuhr sich mit der Zunge über die Lippen, und ihr

Blick irrte durchs Zimmer, als glaubte sie, etwas entdecken zu können, das eine Wende des Schicksals herbeiführen würde. Aber diese Illusion war nicht von Dauer. Es war, als würde sie sich plötzlich – wie sicher schon unzählige Male vorher – ihrer besten Waffen bewusst: ihres Körpers und ihres Verstandes. Sie hob den Kopf, sah Tuckers Augen auf sich ruhen, und fast unmerklich verschob sich ihr Körper unter dem lockeren Hemd, und der Stoff begann sich an strategischen Punkten zu straffen. Ein Angebot. Aber vergiftet.

Tucker lächelte ihr zu, denn er hatte das noch unbestimmte Gefühl, dass er später auf ihre Mitarbeit angewiesen sein könnte. Dann wandte er sich wieder an Baglio.

»Wir sprachen von meinem Freund.«

»Scheren Sie sich zum Teufel!«

Shirillo trat unaufgefordert einen Schritt vor, beurteilte kurz die Lage von Baglios Nieren durch die Stäbe der Stuhllehne und rammte den langen Pistolenlauf in Baglios linke Seite. Gewöhnlich lag ihm diese Art des Vorgehens nicht. Aber jetzt dachte er an seinen Vater. Und an seinen Bruder. Den Schusterladen. Das gelähmte Bein seines Bruders.

Baglio stöhnte auf, sog den Atem durch die Zähne, wollte sich aufbäumen und sackte unter Shirillos zweitem Schlag auf die Schulter in sich zusammen. Er stürzte vom Stuhl zu Boden.

»Von meinem Freund sprachen wir«, sagte Tucker.

Baglio stützte die Hände gegen den Boden, begann, unter vorgetäuschter übermenschlicher Anstrengung, sich zu erheben und brachte dabei seinen Körper in die Nähe von Tuckers Füßen. Das war für einen Mann in seiner Lage sehr unklug, das erste Anzeichen von Angst und Schwäche. Tucker machte einen Schritt zurück und versetzte ihm einen Tritt gegen den Kopf. Diesmal ging Baglio endgültig zu Boden – bewusstlos.

»Hol ein Glas Wasser!«, sagte Tucker zu Shirillo.

Jimmy verließ das Zimmer.

Loraine lächelte Tucker zu.

Er lächelte zurück.

Keiner von ihnen sprach.

Shirillo kam mit dem Wasser. Ehe er es Baglio ins Gesicht schütten konnte, mahnte Tucker: »Keine Vendetta, mein Junge! Das können wir uns nicht leisten.« Er erinnerte sich an Shirillos Worte während ihrer ersten Begegnung vor Wochen; der Vater zugrunde gerichtet und am Leben verzweifelnd, der Bruder übel zusammengeschlagen.

»Darüber bin ich weg«, sagte Shirillo. »Zuerst dachte ich, ich müsste ihn umbringen. Aber ich hab's mir überlegt: Ich will es ihm nicht mit gleicher Münze heimzahlen; ich will nicht so sein wie er.«

»Gut«, sagte Tucker. »Glaubst du, er wird dich wiedererkennen?«

»Nein. Er hat mich nur einmal gesehen, fünf Minuten lang, vor anderthalb Jahren.«

»Dann weck ihn auf!«

Shirillo goss das Wasser in das zerschundene, blutige Gesicht und stellte sich wieder hinter die beiden Stühle.

Baglio blinzelte, hob den Kopf.

»Wir sprachen von meinem Freund«, erinnerte ihn Tucker.

Baglios Lippen waren geschwollen, aber das allein konnte nicht die Änderung seiner Stimme bewirkt haben. Hinter den genuschelten Worten war ein anderer Ton erkennbar, nichts mehr von der früheren Arroganz, sondern der Ton eines Mannes, der plötzlich von seinem Piedestal gestürzt und mit seiner eigenen Sterblichkeit konfrontiert wurde. »Ich sagte doch: Er ist tot.«

»Warum erzählt Ihr Koch eine andere Geschichte?«

»Ich weiß nicht.«

»Und Deffer?«

»Was haben die beiden gesagt?«

»Dass er mit einem Krankenwagen abtransportiert wurde.«

»Das stimmt. Und zwar zu einem Grab im Wald.«

»Mumpitz!«

»Wieder auf die Schulter?«, fragte Shirillo von seinem Platz hinter Baglio. »Oder noch mal in die Nieren?«

»Warte!«, sagte Tucker. Er lächelte und entschuldigte sich artig bei Baglio wegen des Übereifers seines Partners. Dann sagte er: »Ich bin sicher, dass unser Freund im Haus ist. Sonst hätten wir nicht drei verschiedene Versionen über seinen Aufenthalt aufgetischt bekommen. Also, wo ist er?«

»Nein«, sagte Baglio.

Tucker nickte Shirillo zu. »Binde ihn an den Stuhl und leiste unserem Freund an der Treppe Gesellschaft! Du könntest die Hintertreppe übernehmen, während er die Haupttreppe im Auge behält.«

»Glaubst du, es könnte Schwierigkeiten geben?«, fragte Shirillo.

»Es dauert halt länger, als ich dachte«, sagte Tucker. »Und es könnte sein, dass Mr. Baglios lautes Schreien die Männer von draußen anlockt, bevor ich mit ihm fertig bin.«

Shirillo nickte, schnitt mit einem Brieföffner die Vorhangschnüre ab und fesselte Baglio fachmännisch an seinen Stuhl. Baglio leistete keinen Widerstand.

»Und was ist mit ihr?«, fragte Shirillo.

»Überlass das mir!«

Shirillo begab sich zu Harris an die Treppe.

Tucker sah auf seine Uhr: 5 Uhr 10. Es würde bald Tag werden. Würden die beiden draußen postierten Männer ihre Posten bei Sonnenaufgang verlassen?

Tucker verwarf den Gedanken und gab der Frau Anweisung, ihren Stuhl von Baglio fortzurücken. Sie gehorchte und stellte ihren Stuhl so, dass sie Baglio ihr Profil bot. Tucker trat hinter sie, den Blick auf Baglio gerichtet, und ließ seine Fingerspitzen über ihren warmen Hals gleiten.

Baglio lachte laut auf ohne Rücksicht auf die Schmerzen, die ihm das Lachen bereiten musste.

»Was gibt's da zu lachen?«, fragte Tucker. Seine Hand legte sich fester um ihren Hals, sodass er den Pulsschlag spürte. Es widerstrebte ihm, Baglio auf dem Umweg über die wie immer gearteten Beziehungen zu der Frau zum Sprechen zu bringen. Er stellte sich die umgekehrte Situation vor: er säße auf dem Stuhl, und Baglio vergriffe sich an Elise.

»Das verfängt nicht«, sagte Baglio.

Tucker zog mit den Fingern die Linien ihres Kinns nach, hob zärtlich ihren Kopf. Sie gab seiner Berührung nach – oder er bildete es sich nur ein.

Baglio sagte: »Ich pflege meine Frauen zu wechseln. Frauen bedeuten mir absolut nichts. Auch sie nicht. Ich war nicht der Erste bei ihr, und ich weiß, dass ich nicht der Letzte sein werde. Tun Sie sich also keinen Zwang an, fühlen Sie sich als mein Gast.« Ein dünner Blutfaden rann aus seinem Mundwinkel das Kinn hinab. Er versuchte nicht, es abzulecken – vielleicht, weil seine Zunge geschwollen war, oder vielleicht, weil er es gar nicht bemerkt hatte.

»Ich glaube, Sie lügen«, sagte Tucker.

»Glauben Sie, was Sie wollen.«

»Ein Mann wie Sie muss sich doch getroffen fühlen, wenn ein Wildfremder in sein Haus spaziert und ihn ohnmächtig zusehen lässt, wie er …«

›Ohnmächtig‹ war das Wort, das seine Wirkung nicht verfehlte. Baglio bäumte sich innerlich auf, der Hass in seinen Augen loderte auf, ehe sich der Schleier wieder darüber senkte. »Probieren Sie es doch!«

Tucker hob das Gesicht der Frau und sah in ihre

grünblauen Augen. »Wenn ich sie nun ein wenig mit der Pistole streichele?«, fragte er Baglio. »Ihr hübsches Gesicht mit ein paar häßlichen Narben versehe – sagen wir, vom Haaransatz bis hinab zum Kinn? Oder ihr ein paar von den prächtigen Zähnen herausbreche?« Was würde Elise sagen, wenn sie ihn jetzt hören könnte? Sicher nichts Gutes.

Baglio lachte erneut, diesmal sogar überzeugender, oder vielleicht auch nur mit größerer Selbstbeherrschung.

Der Körper des Mädchens versteifte sich, sie drehte die Augen zur Seite, um Baglio zu sehen. Dies hatte sie nicht erwartet. Die Augen füllten sich mit Hass, einem Hass stärker als Baglios, nicht für Tucker, sondern gegen ihren Liebhaber. Ihren Ex-Liebhaber. Ihr war schlagartig klargemacht worden, dass der alte Mann sie für entbehrlich hielt, auch wenn ihre Beziehungen mehr als nur sexuell gewesen sein mochten. Ihr Gesicht nahm einen grimmig entschlossenen Zug an, und Tucker erkannte, dass sie gewillt war, gründlicher Rache zu nehmen, als je ein Sizilianer es vermocht hätte.

Nachdem ihre Position nunmehr geklärt war, fing sie sich sehr schnell wieder. Ihr war klar, was sie zu tun hatte. Hatte sich Tucker vorher nur eingebildet, dass sie für seine Liebkosungen empfänglich sei, so war ihre Reaktion jetzt echt. Seine Hand glitt an ihrem Hals hinab bis oberhalb des vollen Busens, und sie richtete sich auf, kam seiner Hand entgegen.

Baglio bemerkte das.

Sie lächelte Tucker an und dann auch Baglio, aber anders.

Hier entstand etwas, das sich vielleicht als sehr nützlich erweisen könnte, obwohl Tucker noch nicht genau wußte, wie er es für seine Zwecke nutzen könnte.

Seine Uhr zeigte zwanzig Minuten nach fünf. Die Zeit verflog zu rasch.

Was nun? Wie konnte er Baglios Widerstand brechen? Oder wie die Frau dazu bringen, ihm zu verraten, was er wissen wollte? Es bedurfte dazu nur noch eines leichten Anstoßes, das wußte er ... Seine Konzentration wurde jäh unterbrochen von dem Hall eines Pistolenschusses im Flur des ersten Stocks. Und als Antwort auf diesen ungedämpften Schuss erfolgte das wütende Rattern von Pete Harris' Thompson-MP. Ein Mann schrie, aber nicht lange, seine Stimme sank herab zu einem Gestammel von unverständlichen, bedeutungslosen Worten, bis auch das verstummte. Pete Harris stieß eine Reihe obszöner Flüche aus. Das war das Ende.

17

Am hinteren Ende des Korridors fand Jimmy Shirillo eine Reihe von Lichtschaltern und überflutete den Flur mit blendendem weißem Licht. Ihre Anwesenheit ließ sich nun ohnehin nicht mehr vor den Außenwachen verheimlichen; Harris hatte mit seiner Maschinengewehrsalve die Karten aufgedeckt, und nun galt es, das Beste aus der neuentstandenen Situation zu machen.

Tucker stieß die Frau, entschlossen, aber nicht brutal, vor sich her zur Haupttreppe. Sie mit der Pistole in Schach zu halten hielt er für überflüssig, denn sie hatte durch eine spektakuläre Flucht nichts zu gewinnen, und das würde sie genau wissen.

Pete Harris saß mit dem Rücken zur Wand neben dem Treppenabgang, die Thompson auf dem Läufer neben ihm. Er war dabei, das Hosenbein über sein rechtes Knie hochzuziehen, ohne die erlittene Schusswunde zu berühren. Sein schwarz geschminktes Gesicht glänzte vom Schweiß, der durch die Schminke durchgesickert war.

Shirillo wartete an der Hintertreppe, bereit, einen eventuellen Angriff aus dieser Richtung abzuwehren.

»Alles klar bei dir?«, rief Tucker.

»Ja!«, rief Shirillo zurück.

Auf halbem Wege zwischen Shirillo und Harris lag ein toter Mann ausgestreckt auf dem Rücken, ein Bein unter dem Gesäß eingeklemmt, die Arme hoch über dem Kopf, der Körper von der MP-Salve fast in zwei Hälften zerrissen. Die Wände und der teure Teppichläufer waren mit dunklem Blut verschmiert.

»Wie sieht es bei dir aus?«, fragte Tucker Harris.

Harris hob den Kopf, als er das Hosenbein endlich über sein Knie gerollt hatte. »Er hat mich an der Wade erwischt. Es schmerzt wie der Teufel, aber es ist wohl halb so schlimm.«

Tucker bückte sich und inspizierte die Wunde, drückte das Blut heraus und untersuchte das bloßliegende Fleisch, ehe sich die Wunde mit neuem Blut füllte. »Es scheint nur ein Streifschuss zu sein. Ein Kratzer, mehr nicht. Du wirst es überleben.«

»Danke, Freund«, sagte Harris. »Verdammte Scheiße! Damit ist wohl alles im Eimer, was?« Er nahm keinerlei Notiz von Loraine.

»Wir sind noch immer im Vorteil«, sagte Tucker.

»Klar, Freund«, sagte Harris ohne große Begeisterung.

»Wo ist er denn so plötzlich hergekommen?«

Harris sah zu dem Toten hinüber, räusperte sich und spuckte auf den Teppich. »Nicht die leiseste Ahnung.«

»Über die Treppe?«

»Nein. Und auch über die Hintertreppe kann er nicht gekommen sein, ohne über Jimmy zu stolpern. Er war ganz einfach da, wie ein Gespenst. Ehe ich ihn gesehen hatte, hat es mich schon erwischt. Und dann habe ich natürlich keine Zeit mehr verloren.« Er war nervös. Er hatte Shirillos Vornamen vor dem Mädchen erwähnt –

wie schon zuvor vor Keesey, dem Koch –, und er war am Rande des Nervenzusammenbruchs. Er streichelte seine Thompson und zwang sich ein müdes Lächeln ab.

»Meinst du, er war schon hier oben?«, fragte Tucker.

»Ich *weiß* es.«

»Aber *wo* hat er sich versteckt gehalten?«

»In einem dieser Räume.«

»Kann nicht sein. Wir haben sie alle durchsucht.«

»Eben nicht gründlich genug, Freund.«

War das möglich? Sie hatten in die Schränke geschaut, unter die Betten, und das alles sehr fachkundig. Nein. Sie konnten nichts übersehen haben. Tucker erhob sich und wandte sich an Loraine.

»Wo könnte er gewesen sein?«

»Wer?«

»Seien Sie nicht komisch! Der Tote dort.«

»Woher soll ich das wissen?«

Er packte mit einer schnellen Bewegung ihren Arm und verdrehte ihn hinter ihrem Rücken, sodass sich ihr Oberkörper vornüberneigte und sie vor Schmerz laut stöhnte.

»Denken Sie daran, was ich zu Baglio gesagt habe – ich meine das mit Ihrem Gesicht ...«

»Das würden Sie mit mir nicht machen.«

Sie hatte Recht, aber er konnte es sich nicht leisten, sie in ihrer Überzeugung zu bestärken, und so verschärfte er den Griff an ihrem Arm.

»Ich weiß nicht, wo er war, zum Teufel!«, fauchte sie und entwand sich seinem Griff. Er hatte nicht seine volle Kraft aufgewandt, wie er es bei einem männlichen Gegner getan hätte. Aber die Leichtigkeit, mit der sie sich von ihm befreit hatte, diente ihm als Warnung, sie zu unterschätzen.

»Pass auf sie auf!«, sagte er zu Harris. »Glaubst du, du schaffst es?«

»Klar, Freund.« Harris nahm die MP vom Boden.

Tucker ging zu Shirillo und mußte erfahren, dass auch er nicht wusste, woher der Wächter gekommen war. »Ich habe erst gemerkt, dass er da ist, als er auf Pete schoss. Dann habe ich mich flach auf die Nase gelegt, um den Querschlägern aus Petes Thompson aus dem Weg zu gehen.«

Tucker sah auf seine Uhr. Er ließ den Blick noch einmal prüfend durch den Korridor wandern, starrte die Leiche an und versuchte zu ergründen, woher der Mann gekommen sein mochte. »Hast du im Zimmer der Halversons die Schränke durchsucht?«

»Das weißt du doch.«

»Und die anderen Räume drüben in dem Flügel?«

»Hältst du mich für einen Anfänger?«

»Verdammt noch mal, irgendwoher muss er aber gekommen sein!«

»Ganz meine Meinung. Und zwar genau daher, wo sie Bachman versteckt halten.«

Tucker fuhr sich über das Gesicht, als ob er ein Spinnengewebe wegwischen wollte. Die Schminke hatte die Haut klebrig gemacht. Vor seinen Augen verschwamm alles, sein Mund war trocken wie Watte. »Wie kommst du darauf?«, fragte er.

»Ist doch logisch.«

»Auf dem Dachboden?«

»Wir können ja nachsehen. Aber ich habe da meine Zweifel, weil ich nämlich anscheinend genau unter der Luke stehe.« Er zeigte auf eine Falltür in der Decke genau über seinem Kopf, erfasste den verchromten Zuggriff und zog eine Aluminium-Faltleiter herab, die in die Dunkelheit führte.

Tucker stieg hinauf und war in weniger als fünf Minuten wieder da. »Leer«, sagte er zu Shirillo. »Und außer diesem gibt es keinen anderen Zu- oder Ausgang.« Er ließ die Leiter ausgezogen, weil ihr Plan die spätere Benutzung vorsah.

»Und jetzt?«, fragte Shirillo. Mit seiner absoluten Selbstbeherrschung bewahrte er alles vor dem Zusammenbruch.

Tucker nahm eine Rolle Drops aus der Tasche, Shirillo lehnte ab, und Tucker steckte eines der sauren Bonbons in den Mund. »Was macht man, wenn man einen geheimen Raum sucht?«

Shirillo sah ihn verwundert an, dann strich er mit der Hand über die Kapuze, als ob er sich mit den Fingern durchs Haar fahren wollte. »Ist das nicht ein bisschen übertrieben?«

»Schließlich hast du selbst erwähnt, dass die Mafia melodramatisch ist, weißt du noch?«

»Ja, aber ein Geheimzimmer?«

»Bachman ist irgendwo in diesem Haus, das weiß ich. Aber wir haben alle Räume durchsucht, vom Keller bis zum Boden.« Er schob die Hände tief in die Hosentaschen und lutschte angestrengt an seinem Bonbon. »Einem Mann wie Baglio könnte ein verstecktes Geheimzimmer sehr gelegen kommen. Zum Beispiel könnte er jeden zweiten Montag das Geld dort über Nacht deponieren oder auch andere Dinge, heiße Ware beispielsweise, die man nicht in einem Banktresor unterbringen kann, weil der von der Bundespolizei mit einem Gerichtsbeschluss jederzeit geöffnet werden kann.« Er zerbiss sein Bonbon.

»Aber da würde doch ein Safe genügen«, meinte Shirillo. »Gleich an ein Geheimzimmer zu denken ...«

»Ein Safe würde zum Beispiel nicht für eine Rauschgiftsendung genügen. Und wenn die Polypen hier aufkreuzen mit einem Hausdurchsuchungsbefehl, wären sie ermächtigt, einen Safe zu öffnen, ein Geheimzimmer dagegen würden sie gar nicht erst entdecken.«

»Vielleicht.«

»Also was würdest du tun, wenn du ein Geheimzimmer suchst?«

Shirillo überlegte eine Weile. »Nun, ich denke, man müsste die Breite der Zimmer mit der Flurlänge vergleichen. Ob es da eine Abweichung gibt.«

Tucker nickte und sah auf seine Uhr: 5 Uhr 36.

»Warum stehen wir dann noch hier herum?«, sagte er. Shirillo nickte.

»Der noch fehlende Wächter ist entweder in dem Geheimraum, irgendwo hier, zwischen Pete und dir, oder er war draußen, als er die Schüsse hörte.«

»Wenn er draußen war«, sagte Shirillo, »hätte er sich inzwischen längst gemeldet.«

»Oder aber er hat beschlossen, draußen zu bleiben.«

»Warum sollte er?«

»Vielleicht weiß er, dass wir in der Überzahl sind.«

»Das kann er aber nicht wissen.«

Tucker schluckte die Reste seines Bonbons hinunter. Ihm war eine sehr unangenehme Möglichkeit aufgegangen, und er wollte sie nur ungern zur Sprache bringen, obwohl er natürlich wusste, dass Shirillo ein Recht darauf hatte, über seine Gedanken informiert zu werden. Dasselbe Recht hatte überdies auch Harris, aber ihm würde er es nie sagen. Jimmy – da war sich Tucker absolut sicher – würde diese Möglichkeit in Betracht ziehen können, ohne gleich in Panik zu geraten; Harris dagegen würde es den Rest geben. »Vielleicht war der Mann draußen, als er die Schüsse hörte, und hat sofort erkannt, dass es unsinnig ist, allein ins Haus zu stürzen. Er macht die Garage auf, schiebt den Wagen lautlos die Anfahrt hinunter, bis er außer Hörweite ist, dann startet er den Motor und holt Hilfe.«

»Verdammt!« Jimmys Gesicht zeigte zum ersten Mal so etwas wie Angst.

»Keine Sorge!«, beruhigte Tucker ihn. »Es fiel mir nur gerade ein, und ich dachte, wir müssten zumindest die Möglichkeit in Betracht ziehen.«

»Klar.«

»Wir werden längst über alle Berge sein, ehe er mit der Verstärkung anrollt.« Er klopfte Shirillo lächelnd auf die Schulter und fühlte sich wie ein älterer Bruder. »*Falls* er überhaupt weggefahren ist.«

»Das ist so gut wie sicher.«

»Nichts ist sicher.«

»Doch. Und es ist das Schlimmste, was uns überhaupt passieren konnte – das gilt übrigens für das ganze Unternehmen.« Trotz seines unüberhörbaren Pessimismus machte der Junge keine Anstalten, das Unternehmen abzublasen.

Tucker wußte, wie sehr der Junge Recht hatte, aber da war wieder das Gefühl, sich niemals mit einem Misserfolg abfinden zu können, ein Gefühl, das ihn nun schon bis hierher getrieben hatte. Er dachte an seinen Vater, an Mr. Mellio in der Bank, an die eingefrorenen Treuhandgelder und die endlos langen Gerichtsschlachten, und er wußte, dass es diesmal kein Versagen geben würde. Es durfte nicht sein.

»Wie auch immer«, sagte er, »wer wird schon auf einen Hubschrauber der Staatspolizei schießen?«

»Wenn sie darauf hereinfallen«, schränkte Shirillo ein.

»Einmal sind sie bereits darauf hereingefallen.«

»Eben. Und beim zweiten Mal vielleicht nicht mehr. Das Risiko ist jedenfalls groß – besonders bei diesen Burschen.«

»Die alte ›Eiserne Hand‹, was?«

Shirillo lächelte.

Natürlich hatte er Recht, so sehr Tucker auch versuchte, die Probleme herunterzuspielen. Und doch bestand keinerlei Grund, hier herumzustehen und sich mit Spekulationen über die Art ihres bevorstehenden Untergangs den Kopf heiß zu machen. Auf diese Weise wären sie schon bald in einem ähnlich schlimmen Zustand wie Pete Harris, würden beim leisesten Geräusch nervös zusammenzucken und auf jede eingebildete Bewegung im Dunkel übernervös reagieren.

»An die Arbeit!«, sagte Tucker.

Er ließ den Jungen stehen und begann die Trennwände zwischen den einzelnen Räumen nach auffälligen Abweichungen zu untersuchen.

Es war fünf Uhr einundvierzig, der neue Tag dämmerte bereits herauf.

18

Fünf Minuten später wußte Tucker, wo sich der versteckte Raum befand und wo – demzufolge – Merle Bachman gefangen gehalten wurde. Er betrat das letzte Zimmer im kurzen Flügel, das Schlafzimmer eines der Wächter – des toten, des verletzten oder des noch fehlenden –, und räumte die Kleidungsstücke aus dem Schrank. Er warf die Sachen achtlos beiseite und begann die Rückwände des Wandschranks mit der Taschenlampe abzuleuchten, als er vom Flur das erneute Rattern der Maschinenpistole hörte.

Er ging hinaus, um nach dem Rechten zu sehen. Harris stand oben an der Treppe, die schwere Waffe in den Treppenschacht hinuntergerichtet.

»Er war auf dem Weg nach oben«, sagte Harris. Sein verletztes Bein machte ihm anscheinend weniger Schwierigkeiten als vorher. Das konnte ein gutes oder ein schlechtes Zeichen sein: Es konnte bedeuten, dass die Wunde tatsächlich nur ein Kratzer war und zu bluten aufgehört hatte oder dass Harris vor Angst den Schmerz nicht mehr wahrnahm. »Es war derselbe Halunke, den wir unten gefesselt haben. Und ich dachte, ich hätte ihn für längere Zeit unschädlich gemacht.«

»Hast du ihn erwischt?«

»Nein.«

Jedenfalls hatte sich der fehlende Wächter nicht aus dem Staub gemacht, wie Tucker befürchtet hatte. Der Mann war ins Haus gekommen, hatte seinen Kumpel zum Leben erweckt und zerbrach sich nun vermutlich den Kopf, wie er ins Obergeschoss gelangen könnte.

Am Ende des Flurs rief Shirillo irgendetwas Unverständliches. Als Tucker herumwirbelte, sah er, wie der Junge in den engen Schacht der Hintertreppe hinabfeuerte, wobei der Schalldämpfer nur sehr wenig Lärm verursachte.

»Glück gehabt?«

»Nein«, rief Shirillo.

»Sie sind nur zu zweien«, sagte Tucker. »Sie können uns zwar immer wieder stören, aber sie können uns unmöglich im Sturmangriff überfallen.«

»Der Koch ist auch noch da«, warf Harris ein.

»Keesey? Der ist zwar ein Lügner, aber kein Kämpfer. Außerdem reicht ein Mann mehr nicht aus, um uns in die Defensive zu drängen. Von hier oben aus könnten wir ein Dutzend in Schach halten.«

Harris trat von der Treppe zurück, sodass er von einem Heraufkommenden nicht mehr gesehen werden konnte. Er behielt jedoch die Treppe im Auge, die Maschinenpistole an der Hüfte, und konzentrierte sich auf Tucker. Sein Gesicht war ein Gemisch aus Schweiß, Schminke und tiefen Erschöpfungsfalten, und als er sprach, brauchte er nicht zu flüstern, seine Stimme war auch so vor Angst ganz heiser. »Warum verschwinden wir nicht kurzerhand? Bachman ist nicht hier. Für uns ist hier nichts zu holen.«

»Bachman ist hier«, korrigierte ihn Tucker.

»Ach ja?«

»Ganz sicher.«

»Ich sehe ihn nur nicht«, grinste Harris. Das Grinsen verhieß nichts Gutes, es deutete an, dass er dem endgültigen Zusammenbruch nahe war, einem Zustand, in dem er sich sehr wohl über Tuckers Anordnungen hinwegsetzen und auf eigene Faust handeln konnte.

Auf Harris war kein Verlass mehr. Tucker verriet mit keiner Miene, dass er zu diesem Schluss gekommen war, und sagte: »Bachman ist in einem verborgenen Raum.« Er war mit zwei langen Schritten an der Wand und klopfte mit den Fingerknöcheln gegen den Putz. »Hältst du es nicht für merkwürdig, dass hinter all diesen Wandflächen kein Zimmer liegen soll?«

Harris betrachtete blinzelnd die lange ununterbrochene glatte Wand, dann die Türen rechts und links. »Ich dachte, diese beiden Zimmer lägen dahinter.«

»Du selbst warst in dem Raum im kurzen Flügel. Das anschließende Zimmer im langen Flügel hat etwa die gleiche Größe. Es muss also etwas zwischen den beiden Räumen liegen.«

Harris runzelte die Stirn. Am liebsten wäre er Hals über Kopf davongerannt, und alles, was ihn davon zurückhielt, war ihm zuwider, aber er sagte: »Okay. Wie kriegen wir ihn?«

»Durch einen der Wandschränke in den anstoßenden Zimmern, aber ich habe die Geheimtür noch nicht gefunden.«

»Dann beeil dich!«, sagte Harris. Er wandte sich wieder der Treppe zu, gespannt, was ihm als nächstes vor die Mündung laufen würde.

»Halte die Festung!«, sagte Tucker und verschwand wieder in dem Zimmer, in dem ihn das Rattern der Thompson aufgeschreckt hatte.

Die Rückwände des Schrankes waren so glatt und fugenlos verputzt, dass kein Ansatz für eine Geheimtür zu erkennen war. Also musste der Eingang sich in dem Zimmer im langen Flügel befinden.

Auf dem Weg über den Flur passierte er Harris und die Frau.

»Jetzt haben wir ihn bald«, sagte er.

»Warten Sie!« Fast hätte er Loraine nicht gehört. Als sie ihm erneut nachrief, drehte er sich um.

»Ja, was ist?«

»Ich möchte mit Ihnen sprechen.«

»Keine Zeit.«

»Ich möchte Ihnen ein Geschäft vorschlagen.« Sie sprach leise, aber unmissverständlich. »Ich kann Ihnen helfen.«

»Zu spät.«

»Noch nicht.«

»Tut mir Leid.«

»Ich könnte Ihnen die Suche nach Bachman um eine halbe Stunde verkürzen.«

»Das bezweifle ich«, sagte Tucker. »Der Eingang zum versteckten Raum muss in dem Wandschrank dieses Zimmers sein. Ich brauche nur noch …« Er brach ab; ihm war plötzlich klar geworden, dass sie Bachmans Namen benutzt hatte, dass sowohl er als auch Harris ihn ihr verraten hatten. Zum Teufel! Gingen auch ihm jetzt die Nerven durch! »Herrgott!«, sagte er.

Sie kam mit ausgestreckter Hand auf ihn zu. »Ich biete Ihnen Bachman und mein Schweigen zum Kauf an, wenn Sie wollen.«

»Es wäre leichter, wenn Bachman einfach seinen Namen änderte«, sagte er.

»Falsch. Außerdem würde Ross ihn irgendwann doch aufspüren.«

Nur zu wahr.

Tucker sagte: »Ihr Schweigen erkaufen? Womit?«

»Mit Geld.«

»Wir haben keins.« Es klang böse und bitter, er konnte es nun nicht mehr vermeiden; zu lange hatte er seine berühmte Fassade wahren müssen.

»Doch, wenn Sie auf mein Geschäft eingehen«, sagte sie. Sie ließ die Hand sinken und wartete ab. Die Ähnlichkeit mit Elise war jetzt noch frappanter, ein selbstzufriedenes Lächeln huschte über ihr hübsches Gesicht.

»Wie lautet Ihr Vorschlag?«, fragte Tucker.

Ihre Zunge strich über die vorgeschobenen Lippen. »Okay, Sie werden diesen Bachman auch ohne meine Hilfe finden, das ist mir klar. Sie werden Ross der Lächerlichkeit preisgeben, wie es noch keinem vorher gelungen ist. Er wird mich nicht mehr in seiner Nähe dulden, weil ich Augenzeuge seiner Demütigung war, also sehe ich keinen Grund, noch länger hier zu bleiben. Dies ist mein Vorschlag: Ich bekomme zwanzig Prozent von dem, was in den drei Koffern ist, zuzüglich freie Fahrt von hier.«

Tucker blinzelte, fühlte seine Beine für einen Moment schwächer werden und lächelte dann. »Hol mich der Teufel!«, sagte er. »Die Lieferung vom Dienstag?«

»Genau.«

»Das Bargeld?«

»Ja.«

»Ich dachte, das sei längst nicht mehr hier.«

»Der Abtransport wurde verschoben – aus Gründen, die ich erläutern werde, wenn wir ins Geschäft kommen.«

Er schüttelte wehmütig den Kopf. »Da ich nun schon weiß, dass es hier ist, wieso sollte ich da noch auf Ihren Vorschlag eingehen?«

»Weil Sie Stunden auf die Suche verwenden müssten. In einem Haus dieser Größe gibt es tausend Verstecke für drei Koffer. Und nach allem, was ich aus Ihrem Verhalten schließe, können Sie sich nicht mehr lange hier aufhalten – Sie haben jemanden, der Sie abholen wird.«

Er bewunderte sie, obwohl sie von der anderen Seite übergelaufen war. Sie hatte gemerkt, dass die Umstände ihrer Einflussnahme entglitten waren, und nahm nun das Schicksal in die eigene Hand, um ihren Vorteil zu wahren. Verständlich, dass Baglio Achtung vor ihr gehabt hatte. Sein einziger Fehler war der gewesen, dass er sie nicht noch höher eingeschätzt hatte. Außerdem musste Tucker anerkennen, dass ihre Forderung durchaus vernünftig war, wenn sich ihr Angebot nicht als leere Behauptung erwies.

»Okay«, sagte Tucker.

»Abgemacht?«

»Abgemacht.« Ihre Stirn legte sich in Falten. »Ganz so einfach ist die Sache nicht. Wir haben noch einiges zu bereden.«

»Reden Sie!«, sagte er, indem er ein neues saures Bonbon in den Mund steckte.

»Nicht hier.«

»Wo dann?«

»In dem Zimmer, in das Sie wollten.«

Tucker sah auf seine Uhr: 6 Uhr 06. Es sah ganz danach aus, als ob sie ihr Unternehmen bei hellem Tageslicht beenden müssten, und das war eigentlich nicht eingeplant gewesen.

»Wir können nicht lange verhandeln. Es wird verdammt spät.«

»Ich brauche nur zwei Minuten«, sagte sie.

»Also, kommen Sie schon!«

Sie trat über die Leiche auf dem Flurläufer hinweg und ging mit Tucker in das Schlafzimmer des Wächters. Hinter ihnen feuerte Harris eine Salve in den Treppenschacht.

19

Sie setzte sich auf den Rand der Matratze und zog die langen Beine unter ihren Körper; in dem Flanellhemd wirkte sie so sehr sittsam und unschuldig.

»Wie hatten Sie sich Ihren Abzug von hier gedacht?«, fragte sie.

»Per Hubschrauber«, antwortete er nach kurzem Zögern.

Sie verzog das Gesicht. »Ich meine das ernst.«

»Ich auch.«

»Ich habe nicht die Absicht, mit Ihnen ins Geschäft zu kommen, wenn Sie in Wirklichkeit nichts weiter sind als ein paar Clowns, die das alles nicht sehr gründlich durchdacht haben.«

Er erklärte ihr im Detail, aber so knapp wie möglich, die Sache mit Norton und dem Hubschrauber mit den Insignien der Staatspolizei.

»Ich bin beeindruckt«, sagte sie.

»Nun zu Ihnen: Wissen Sie, was mit Leuten passiert, die Ross Baglio in die Quere kommen?«

»Das weiß ich.«

»Aber Sie sind bereit, das Risiko auf sich zu nehmen?«

»Als Frau muss man für sich selbst sorgen.« Sie hörte sich wie eine ernsthafte, häusliche junge Studentin an, die sich aus Vernunftgründen für die Laufbahn der Bürosekretärin entscheidet, um später ihr Auskommen zu haben. Eine wahre Freude, diese Frau.

»Baglio kennt Ihren Namen. Es wird ihm ein Leichtes sein, Sie aufzuspüren.«

»Einen Namen kann man ändern.« Sie ließ anklingen, dass Loraine ohnehin nicht ihr richtiger Name war.

»Aber Ihr Aussehen können Sie nicht verändern. Ein Mann, der Sie einmal gesehen hat, wird sich immer an Sie erinnern.«

»Nun überschätzen Sie meine Attraktivität«, sagte sie. »Außerdem verstehe ich etwas von Make-up und Maskenbildnerei.« Sie stand auf. »Sie wollen mir doch nicht etwa ausreden, Ihnen zu helfen?«

»Nein, nein«, sagte er. »Ich möchte nur ganz klar

sehen, warum Sie es tun, damit ich mir umso besser vorstellen kann, wie die Sache weitergehen wird. Zum Beispiel würde ich es nur sehr ungern sehen, wenn Sie das alles nur machten, um später mit Ihren zwanzig Prozent zu Baglio zurückzukehren und ihm alles zu verraten, was Sie über uns erfahren haben.«

»Da müsste ich ganz schön dumm sein.«

»Ich weiß.«

»Bin ich aber nicht.«

»Auch das weiß ich«, seufzte er. Diese Ähnlichkeit mit Elise!

»Also?«

»Abgemacht«, sagte er noch einmal.

Sie ging zum Kleiderschrank und begann Anzüge, Hosen und Hemden herauszuwerfen. Als der Schrank ausgeräumt war, bat sie ihn, zurückzutreten und mit der Taschenlampe den Fußboden zwischen ihnen abzuleuchten. Kniend untersuchte sie die Dielenbretter, entschied sich für eines, bohrte ihre Fingernägel in die Fugen zu beiden Seiten des Brettes und versuchte ohne Erfolg, es anzuheben. Sie probierte das Nachbarbrett, das sich von dem ersten in nichts unterschied, und atmete auf, als es sich bewegte und herausheben ließ. Darunter kam ein Hebel zum Vorschein.

»Das hätte ich im Handumdrehen gefunden«, sagte er.

»Natürlich. Und auch Bachman hätten Sie allein gefunden. Aber ich bin da, um Ihnen zu dem Geld zu verhelfen, von dessen Vorhandensein Sie keine Ahnung hatten.«

»Machen Sie weiter!«, sagte er.

Sie drückte mit dem Handballen den Hebel hinunter. Die gesamte Rückwand des Schrankes schwenkte nach innen aus, ein Umstand, der die Abwesenheit einer verräterischen Fuge in der Mitte der Wand, wo man normalerweise eine Geheimtür vermutet hätte, hinreichend erklärte.

»Leidet Baglio eigentlich unter chronischen Wahnvorstellungen?«, fragte er.

»Unter anderem.«

Die Wand schwenkte weiter auf.

»Auf eine Aufzählung verzichte ich gern«, sagte er.

Der Raum hinter der Schrankwand war fast ebenso groß wie das Gästezimmer auf der anderen Seite. Neonröhren an der Decke beleuchteten das fensterlose Zimmer. Merle Bachman lag angeschnallt auf einem Bett an der hinteren Wand, sah ihnen gespannt entgegen und versuchte so etwas wie ein Grinsen.

20

Tucker sah sofort, warum Bachman noch nicht zum Reden gezwungen worden war, warum er noch lebte und warum sie alle noch eine Chance hatten, ihre Identität geheim zu halten. Der Unfall mit dem Chevrolet hatte das strahlende Lächeln des kleinen Mannes ruiniert – alle Vorderzähne waren herausgebrochen, beide Lippen verletzt. Die Oberlippe war bis zur Nasenscheidewand gespalten und auf das Vier- oder Fünffache der normalen Größe angeschwollen. Er musste durch den Mund atmen, da die Lippe die Nasenlöcher blockierte, und sein Atmen war so laut, dass Tucker sich wunderte, warum es nicht durch alle Wände hindurch hörbar gewesen war.

Bachman gab ein würgendes Geräusch von sich, das wohl eine Art Begrüßung sein sollte, obwohl es ihm kaum besser gelang als das Lächeln.

»Du kannst nicht sprechen?«, fragte Tucker.

Ein Glucksen kam aus Bachmans Mund.

»Dann versuch's erst gar nicht! Es hört sich grässlich an. Und wenn du schon dabei bist, dann wisch dir doch auch gleich dieses ... Lächeln? ... vom Gesicht, ja?«

Bachman unterließ alle weiteren Sprechversuche, behielt aber das Grinsen bei. Sein linkes Auge war zugeschwollen, das rechte blau unterlaufen, wenn auch weniger stark geschwollen. Mehrere Finger beider Hände waren von Baglios Arzt geschient und bandagiert worden. Ansonsten sah er eigentlich ganz gut aus.

»Kein Arm oder Bein gebrochen?« Tucker kniete am Bett nieder. »Du brauchst nur zu nicken oder den Kopf zu schütteln.«

Bachman schüttelte den Kopf.

»Kannst du gehen?«

Kopfschütteln.

»Warum nicht?«

Die Frage war schlecht formuliert. Bachmans Gesicht wurde ernst, und er würgte ein paar Worte zur Erklärung hervor.

»Schon gut«, sagte Tucker. »Du stehst unter Drogen, ja?«

Bachman nickte seufzend.

Loraine sagte: »Können wir zum zweiten Teil übergehen – zum Geld?«

»Es ist hier?«, fragte Tucker.

»Ja. Aber er weiß nichts davon.« Sie deutete mit einem Kopfnicken auf Bachman.

»Dann holen Sie es!«

Sie ging von dem Bett zu einer der Wände, wo sie die Tür eines von zwei mit der Wand fest verschraubten weißen Metallschränken öffnete.

Tucker stellte sich neben sie und fragte: »Was jetzt?«

»Passen Sie auf!« Sie schob die Rückwand des Metallschranks zur Seite, und dahinter lag ein Hebel, der dem aus dem Vorzimmer haargenau glich. Sie drückte den

Hebel nach unten. Der zweite Metallschrank schwenkte, zusammen mit dem Wandstück, mit dem er verschraubt war, in den Raum herein und gab eine schmale Aussparung frei, in der ein paar Koffer – oder auch eine Leiche – Platz hatten. Im Augenblick befanden sich nur Koffer darin.

»Eine Geheimkammer in einer Geheimkammer!«, wunderte sich Tucker.

»Er ist ein kluger Mann«, sagte sie.

»Warum hat er es dann nicht in die Stadt geschafft? Warum hat er es hier gelassen?«

»Ross hatte ja keine Ahnung, wer ihn überfallen hat. Er konnte die Möglichkeit nicht ausschließen, dass es Leute aus seiner eigenen Organisation waren. Das Geld hat er hier gelassen, weil ihm der Transport in die Stadt zu riskant erschien – zumindest bevor er Bachman nicht zum Reden bringen konnte.«

»Ein vorsichtiger Mann.«

»Diesmal war er wohl allzu vorsichtig«, sagte sie. »Worauf warten wir noch?« Sie hob den kleinsten der Koffer heraus und trug ihn zu Bachmans Bett, während Tucker die beiden anderen aus der Nische hievte und sich mit ihnen zum Bett mühte.

Sie stellten die Koffer auf den niedrigen Tisch neben dem Bett und öffneten einen nach dem anderen. Die beiden größeren waren randvoll mit Banknotenbündeln, der kleinere war nur halb voll mit Geld und mit Packpapier ausgestopft.

»Ahhh ...«, kam es von Merle Bachman. Er schien überrascht, dass das Geld hier bei ihm im Zimmer gewesen war; Loraine hatte also offenbar die Wahrheit gesagt, als sie behauptete, er wisse nichts davon.

»Also doch noch ein Volltreffer!«, sagte Tucker.

21

Während Loraine etwas Passendes zum Anziehen für die bevorstehende Hubschrauberflucht suchte, erklärte Tucker seinen beiden Gefährten die neue Lage. Shirillo fügte sich im Vertrauen auf Tuckert widerspruchslos; Harris, dessen Unruhe sich noch gesteigert hatte, ließ es nicht dabei bewenden.

»Sie ist eine Frau«, sagte er. »Wird sie den Mund halten können, wenn wir hier herauskommen?«

»So gut wie du«, sagte Tucker, um dann mildernd hinzuzufügen: »Oder ich.«

»Das Geld wird ihr schnell durch die Finger rinnen. Sie wirft es zum Fenster hinaus, und dann kommt sie auf dumme Gedanken.«

»Glaube ich nicht.«

»Angenommen, es ist aber doch so, dann macht sie sich an einen von uns heran und verlangt mehr.«

»Ausgeschlossen.«

»Dann geht sie eben zu Baglio zurück.«

»Der bringt sie um.«

»Vielleicht ist sie zu dämlich, um das zu wissen.«

»Auf keinen Fall. Sie kennt alle Risiken, und sie weiß, was sie zu tun hat. Wir können ihr vertrauen, müssen es.«

»Nicht unbedingt.« Harris' Gesicht sah gefährlich aus; entweder schmerzte ihn seine Verletzung wieder oder es hatte überhaupt nichts miteinander zu tun.

Tucker sagte: »Wir können sie nicht töten, falls du das meinst.«

»Warum nicht?«

»Ich habe ein Geschäft mit ihr gemacht.«

»Und?«

Tucker sagte: »Willst du wirklich, dass ich meine Vertragspartner so behandle? Vergiss nicht: Ich habe auch mit dir einen Vertrag geschlossen. Wenn ich ihr mein Wort gebe und sie dann umbringe, was hindert mich daran, mit dir genauso zu verfahren?« Ehe Harris antworten konnte, fuhr er fort: »Nein, so geht es nicht. Außerdem: Wenn wir sie umbringen, gefährden wir damit das ganze Unternehmen. Den Tod eines seiner Leibwächter kann Baglio mit Leichtigkeit verheimlichen. Aber das Mädchen hat doch irgendwo Familienangehörige, ihr Leben hat sich nicht nur innerhalb der Organisation abgespielt. Und ihr Tod würde wahrscheinlich früher oder später die Polizei auf den Plan rufen.«

Harris wischte sich mit der behandschuhten Hand über das Gesicht und entfernte so einen Teil seiner Schminkmaske. »Ich hoffe, du täuschst dich nicht in ihr«, sagte er.

»Auf keinen Fall. Und: Kopf hoch! Jetzt kannst du dich endlich zur Ruhe setzen, wie du es schon immer gewollt hast.«

Tucker ging in die Geheimkammer zurück und ließ Harris und Shirillo zur Bewachung der Treppenaufgänge zurück. Er löste Bachmans Fesseln, half ihm aus dem Bett und versuchte, ihn auf die Beine zu stellen. Es erwies sich als unmöglich; Bachman hatte ihn vorher mit einem Kopfschütteln gewarnt. Offensichtlich war er in den letzten zwei Tagen nicht ein einziges Mal aufgestanden, hatte die ganze Zeit nichts gegessen – schon wegen seiner Mundverletzungen – und nur gerade das getrunken, was man ihm eingeflößt hatte. Sein geschwächter Zustand hatte sich durch die ärztlich verschriebenen Schmerzlinderungsmittel noch verschlimmert, und seine Beine gaben unter ihm nach wie Gummi. Trotzdem brachte ihn Tucker schließlich bis unter die Bodenluke im Korridor und ließ ihn in Shirillos Obhut.

Nach weiteren fünf Minuten hatte er alle drei Geldkoffer zur gleichen Stelle transportiert. »Irgendwelche besonderen Vorfälle?«, fragte er Shirillo.

»Keine. Die Ruhe da unten ist schon beinahe verdächtig.«

Bevor Tucker etwas entgegnen konnte, kam Loraine durch den Korridor auf sie zu. »Ich bin bereit.«

Sie trug weiße Levisjeans und einen dunkelblauen Pullover, beides eng wie eine zweite Haut, beides praktisch und sinnlich. Tucker erinnerte sich, wie sie am Tag des Überfalls ausgesehen hatte in ihrem Minirock und dem hautengen Pullover, und er fragte sich, wieso sie bei ihrer Intelligenz auch noch so großen Wert auf ihre äußere Erscheinung legte.

Als ob sie seine Gedanken erraten hätte, sagte sie: »Es macht sich immer bezahlt, wenn man auf alles vorbereitet ist.«

»Das kann man wohl sagen«, pflichtete er ihr bei.

Er sah auf die Uhr: 7 Uhr 02.

Draußen war es heller Tag.

Zu Norton hatte er gesagt, die Operation würde spätestens bei Morgengrauen beendet sein. Paul würde jetzt wie auf glühenden Kohlen sitzen und sich fragen, wie lange er noch aushalten musste. Tucker hoffte, er würde wenigstens noch zehn Minuten warten, bis sie ihn über das Funksprechgerät erreichen konnten. Er hoffte es nicht nur – er *wußte* es. Natürlich würde Norton warten. Wieso sollte er daran zweifeln – verdammt noch mal!

Er schob ein neues Magazin in seine Luger, steckte das leere in die Tasche und löste Shirillo auf seinem Posten an der Hintertreppe ab.

»Schaff zuerst die Koffer hinauf!«, sagte er.

Jimmy nickte, nahm den größten der Koffer und mühte sich mit ihm die Metalleiter hinauf. Er hob ihn über den Kopf und schob ihn auf den Dachboden. Sein Körperbau war nicht für schwere Arbeiten geschaffen, aber er ließ kein Wort der Klage vernehmen. Als er den zweiten Koffer von Loraine angenommen und durch die Luke bugsiert hatte, glänzte sein Gesicht vom Schweiß und seine schwarze Schminke war völlig verwischt. Er schob den dritten Koffer hinauf und lehnte sich mit erschöpftem Aufatmen gegen die Leitersprossen.

»Soll ich Bachman hinaufschaffen?«, fragte Tucker.

»Ich mach das schon.«

Es war 7 Uhr 10. Norton würde warten.

Shirillo untersuchte Bachman, half dem schwer geschundenen Mann auf die Füße, stützte ihn, so gut er konnte, und stieg seitwärts die schmale Leiter hinauf. Fast oben angekommen, musste er seine Last loslassen. Bachman klammerte sich mit seinen geschienten und bandagierten Fingern an die oberen Sprossen. Shirillo zog sich rasch durch die Luke hoch, drehte sich um und fasste Bachmans Handgelenk. Merle selbst musste ein wenig nachhelfen, aber er bekam ihn durch die Luke in die Bodenkammer hinauf.

»Fertig hier oben!«, rief Shirillo nach unten.

»Gut gemacht.«

»Bin eben gut motiviert«, grinste Shirillo.

7 Uhr 14.

»Vorwärts!«, sagte Tucker zu der Frau.

Sie nahm rasch die wenigen Leiterstufen, fasste Jimmys Hand und ließ sich hinaufziehen.

7 Uhr 15.

Harris blickte sichernd durch den Flur, sah, dass der größte Teil der Arbeit bereits getan war, und bestätigte Tuckers Handzeichen mit einem Kopfnicken.

Wir werden es schaffen, dachte Tucker. Er hatte eine völlig verpfuschte Sache doch noch in einen Erfolg umgemünzt – dank seiner Beharrlichkeit.

Er wandte sich der Leiter zu, nahm die ersten Sprossen – aber er kam nur bis zur dritten: neben ihm zersplitterte das Fenster, und zwei Kugeln bohrten sich, dicht beieinander, in seine linke Seite.

22

Er fiel und schlug mit dem Kopf gegen die unterste Leitersprosse, bevor er an die Wand rollte und liegen blieb. In dem Moment, als ihn die Kugeln trafen, hatte er in Erinnerung an seinen Albtraum gedacht: *die Eiserne Hand*. Danach löschte der Schock, getroffen zu sein, alle weiteren Gedanken aus. Als der Schmerz schließlich die Schocklähmung verdrängte – eine Sache von wenigen Sekunden –, dachte er, dass der Mann am Fuße der Hintertreppe auf ihn geschossen hätte, aber dann, als er sich inmitten der Glassplitter aufrichtete, erkannte er, dass die Schüsse von außerhalb des Hauses gekommen waren.

Die Schüsse waren für den Mann unten an der Treppe das Signal, nun, da ihre Aufmerksamkeit abgelenkt war, zu versuchen, heraufzukommen. Harris war auf diese Strategie vorbereitet und jagte eine MP-Salve in den Treppenschacht hinab.

Shirillo kam schnell die Bodenleiter herunter, und als er sich an dem Fenster vorbeibewegte, sah sich der Schütze draußen zu einem weiteren Schuss veranlasst.

»Wie sieht's aus?«

»Die Nerven sind größtenteils noch gelähmt von dem Einschlag, aber es fängt langsam an, mordsmäßig wehzutun. Er hat mich zweimal erwischt, glaube ich, dicht beieinander. Verdammt harter Schlag!«

»Gewehr«, stellte Shirillo fest. »Das Garagendach schließt an diesem Ende des Hauses an. Ich habe ihn da draußen stehen sehen, als ich eben am Fenster vorbei bin.« Während er sprach, nahm er das zerschmetterte Walkie-Talkie von Tuckers Arm und warf es mitten in den Korridor. »Ich wollte dir schon sagen, dass zwei von diesen Dingern zu viel des Guten sind, weil wir sie für die Verständigung untereinander doch nie benötigen würden. Jetzt bin ich froh, dass ich den Mund gehalten habe.«

»Das dumme Ding hat tatsächlich beide Schüsse aufgefangen, ja?«

»Nein, nicht ganz«, sagte Shirillo. »Du blutest ganz schön.« Er tastete die Schulter ab, bis Tucker vor Schmerz der Schweiß ausbrach. »Eine der Kugeln hat dich voll erwischt. Sie ist hinten am Arm hinein und oben an der Schulter wieder heraus, eine glatte Fleischwunde, würde ich sagen, wenn ich mir die Fetzen deiner Jacke ansehe. Aber beschwören kann ich's nicht, ehe wir nicht im Hubschrauber sind und dir die Sachen ausziehen können. Es blutet sogar ganz beträchtlich.«

Tucker zuckte unter dem Schmerz zusammen, der nun erbarmungslos pochte, nachdem er minutenlang unterdrückt gewesen war. Er sagte: »Die Leiter herunterzukommen ist ein Kinderspiel, wie du gesehen hast. Aber wie sollen wir nun wieder hinaufkommen? Er kann in aller Ruhe Scheibenschießen auf uns veranstalten.«

»Da hast du Recht.« Shirillo war auch jetzt noch nicht aus der Fassung zu bringen. Tucker glaubte jedoch in dem Verhalten des Jungen so etwas wie seine eigene unterdrückte Angst zu erkennen, eine Angst, die sich nur unter Aufbietung aller Nervenanspannung hinter einer äußerlich ruhigen Fassade verbergen ließ.

Tucker sagte: »Sieh zu, dass du Pete herbeischaffst. Aber nicht rufen. Geh zu ihm runter und sag ihm, er soll raufkommen. Solange auf dem Garagendach ein Mann stationiert ist, kann keiner mehr unten an der Treppe sein. Es sei denn, sie haben Keesey losgebunden, was ich aber bezweifle.«

»Bin gleich wieder da«, sagte Shirillo.

Er kam mit Harris zurück, der sich von Tucker geduldig die Lage erläutern ließ, die er sich längst selbst klar gemacht hatte. Harris meinte jedoch, dass er mit seiner Schnellfeuerpistole das Garagendach leerfegen könne, ohne Gefahr zu laufen, dabei getroffen zu werden.

»Sei aber vorsichtig!«, warnte Tucker. »Du hast deinen Anteil redlich verdient, wo du es nun schon so weit geschafft hast.«

»Zerbrich dir nur nicht meinen Kopf«, grinste Harris beruhigend. Er stand auf und presste sich neben dem Fenster flach an die Wand. Er ließ eine Minute vergehen, dann wirbelte er plötzlich herum, richtete die Thompson durch das offene Fenster und nahm den Gewehrschützen draußen unter ratternden Beschuss.

Dann – ohne dass sie einen Aufschrei gehört hätten – drehte sich Harris zu ihnen um und sagte: »Der wäre erledigt. Falls es euch nebenbei interessiert: Es war nicht einer der Leibwächter. Es war Keesey.«

»Der Koch?«

»Der Koch.«

»Scheiße!«, entfuhr es Tucker. »Dann ist also immer noch einer von ihnen unten, und er weiß, dass du die Treppe nicht mehr bewachst.«

Er erhob sich vom Boden, und es war, als schlüge ein unsichtbarer Knüppel auf ihn ein, um ihn wieder zu Boden zu werfen. Der Schmerz in seinem Arm breitete sich aus über den ganzen Rücken, bis hin zur anderen Schulter und hinab zu den Nieren.

»Schaffst du die Leiter allein?«, fragte Harris besorgt.

»Ich denke doch. Aber Jimmy muss zuerst gehen.«

Shirillo wollte schon protestieren, da er aber als Einziger ein noch funktionstüchtiges Walkie-Talkie besaß, nickte er und stieg auf den Dachboden hinauf.

»Bleib dicht hinter mir!«, sagte Tucker zu Harris.

»Keine Sorge, Freund.«

Tucker klammerte sich mit der gesunden Hand an den Leiterholm und kletterte auf das dunkle Viereck zu, das Shirillos besorgtes Gesicht einrahmte. Er kam sich vor wie ein lädiertes Mitglied einer Bergsteigergruppe, aber am Ende schaffte er es mit Hilfe des Jungen.

»Tempo!«, rief er zu Harris hinab.

Harris kam die Leiter hinauf.
Tucker sah auf die Uhr.
7 Uhr 28.
Norton würde warten. Bestimmt.

23

Nachdem Harris die Leiter eingezogen und den Lukendeckel verriegelt hatte, nahm Shirillo sein Walkie-Talkie und bemühte sich nach Tuckers Anweisungen um eine Verbindung mit Norton, dem Hubschrauberpiloten.

Das ferne Summen der offenen Frequenz war ein gespenstisches Geräusch in der warmen Enge der Bodenkammer.

Shirillo wiederholte das Rufzeichen.

»Warum antwortet er nicht?«, fragte die Frau.

Tucker kam es vor, als entrinne ihm die Zukunft. Er dachte an Elise, an die Ruhe und den Frieden seiner Park-Avenue-Wohnung.

Plötzlich meldete sich Nortons knisternde Stimme, vertraut und doch fremd. Er bestätigte den Empfang.

»Gott sei Dank!«, brachte Harris mit schwacher Stimme heraus.

»Wie lange wird er für den Anflug brauchen?«, fragte Loraine. Sie saß zwischen den beiden größten Koffern, die Arme seitlich darüber gelegt, als ob sie sagen wollte: Versucht es nur, mich zurückzulassen!

»Weniger als fünf Minuten«, antwortete Tucker.

»Na bitte, dann haben wir es ja schon geschafft!«, lachte sie. Aber trotz ihrer guten Laune klammerte sie sich weiter an die Koffer.

»Kein verfrühter Jubel«, warnte Tucker.

»Wie fühlst du dich?«, fragte Shirillo.

»Okay«, sagte Tucker. In Wirklichkeit fühlte er sich

wie gerädert, jeder Muskel schmerzte, er war am Ende seiner Kraft, und der Schmerz in seinem Arm breitete sich über seinen ganzen Körper aus und war nicht mehr zu lokalisieren. Um sich von den Schmerzen abzulenken, konzentrierte er sich auf ihre Situation und überlegte, was als nächstes zu tun wäre.

»Du suchst am besten die Luke, die aufs Dach hinausführt«, sagte er zu Shirillo. »Nach den Fotos, die dein Onkel gemacht hat, muss sie drüben am anderen Ende des Hauses liegen.«

Shirillo nickte, stand auf und ging – leicht geduckt, um nicht mit dem Kopf an die Dachsparren zu stoßen – in die angegebene Richtung. Schon nach kurzer Zeit hatte er die Dachluke gefunden, die Verschlußriegel gelöst und die Luke nach außen geklappt. Er rief die anderen zu sich.

»Dann mal los«, sagte Tucker.

Ihm fiel auf, dass er dauernd irgendjemanden antreiben zu müssen glaubte. Ein Segen, dass er nun bald wieder zu Hause sein würde; er würde die zehntausend Dollar zurückbezahlen und erst einmal ausspannen, ein paar Monate vergehen lassen, ehe er sich wieder ernsthaft mit Clitus Felton und seinen heißen Tipps beschäftigte. Wenn es ihm gelang, einige seiner Kunstobjekte günstig zu verkaufen, konnte er sich vielleicht sogar ein halbes Jahr Ruhe gönnen – absolute Ruhe.

Pete Harris half Bachman auf dem Weg durch die Dachkammer zur Luke, während Tucker es aus eigener Kraft schaffte. Er war immer wieder versucht, den verletzten Arm mit der gesunden Hand zu packen und dem pochenden Schmerz ein Ende zu machen, aber er wußte, dass sich dadurch die Sache nur verschlimmern würde. So ließ er den Arm einfach herabhängen und bemühte sich, die Gedanken auf die Flucht zu konzentrieren.

Die Frau trug den kleinsten Koffer, und Harris musste noch einmal zurückgehen und die beiden anderen holen, nachdem er Bachman unter der Dachluke abgesetzt hatte.

Tucker blieb schwankend neben Bachman stehen; am liebsten hätte auch er sich gesetzt, aber er durfte nicht nachgeben. Sie waren dem erfolgreichen Abschluss zu nahe, um jetzt in ihrer Aufmerksamkeit nachzulassen.

Aus der Ferne tönte das ratternde Geräusch des Hubschraubers durch die stille Morgenluft.

»Beeilung jetzt!«, sagte Tucker.

Der bewaffnete Wächter unten im Haus würde den Hubschrauber hören und könnte vielleicht auf den Gedanken kommen, nach draußen zu gehen und zu versuchen, den Piloten aus nächster Nähe abzuschießen.

Shirillo war als erster auf dem Dach; er schaffte den Ausstieg mühelos und zog Bachman, während Harris von unten nachhalf, aufs Dach hinaus, gerade als Norton den Hubschrauber langsam absinken ließ. Loraine warf einen letzten Blick auf die vollen Geldkoffer und kletterte ohne jede Hilfe durch die Luke. Tucker folgte ihr, ein rasender Schmerz durchzuckte seine Schulter, als er gegen den Lukenrand stieß; Shirillo musste ihm das letzte Stück hinaufhelfen. Pete Harris reichte die Koffer einzeln nach oben, so vorsichtig, als wären sie mit Nitroglyzerin gefüllt, und stieg als letzter hinaus.

Es war 7 Uhr 38.

»Fantastisch!«, stellte das Mädchen mit einem bewundernden Blick auf den Hubschrauber fest.

Tucker schwieg.

Eine automatische Seilleiter wand sich langsam aus der Tür des Hubschraubers ab – eine Vorrichtung, die Paul Norton eigens für seine etwas außerhalb der Legalität arbeitende Kundschaft installiert hatte. Eine halbe Minute später berührte die unterste Leitersprosse das Dach.

»Wer zuerst?«, fragte Shirillo. Er hielt die Leiter fest und drehte sich zu den anderen um. Ihm bereitete es keinerlei Mühe, das Gleichgewicht auf dem leicht geneigten Dach zu halten. Tucker dagegen hatte das Gefühl, über einem Abgrund zu stehen, und die Schindeln schienen sich unter seinen Füßen hin und her zu bewegen.

»Ich gehe als erster und bringe Merle hinauf«, erbot sich Harris. »Ihr beide würdet das doch nicht schaffen.«

»Los!«, sagte Tucker.

Er sehnte sich nach einem Platz zum Sitzen, nach Ruhe und Schlaf, aber er wusste auch, dass Schlaf in dieser Situation ein gefährliches Begehren wäre.

Harris gab Shirillo seine Thompson-MP. »Falls du sie benutzen musst, weißt du, wie man mit dem Ding umgeht?«

Jimmy inspizierte die Waffe kurz und nickte. »Ja.«

Harris drehte sich zu Merle Bachman um, hob ihn auf, als wäre er ein Kind, legte ihn über die Schulter und hielt ihn mit einer Hand fest. Das Gewicht schien ihn nicht im Geringsten zu belasten. Mochte er auch im Verlauf der Operation immer wieder eine Gefahr gewesen sein, jetzt erwies er sich als ebenso wertvolles Mitglied der Mannschaft wie jeder andere, jetzt trug er zum Gelingen der Aktion bei. Harris fasste mit der rechten Hand die Seilleiter, betrat die unterste Sprosse und ließ sich von Norton hochziehen.

Ein sanfter Wind wehte über das Dach hinweg und ließ im Zusammenwirken mit den leichten Pendelbewegungen des Hubschraubers die Leiter in einem weiten Bogen hin und her schwingen, sodass die beiden Männer jeden Augenblick abzustürzen drohten. Aber Harris hielt fest, und das Pendeln der Leiter ließ nach, je kürzer sie wurde. Dann blieb die Leiter stehen; Harris stieg die letzten Sprossen hinauf, schob Bachman durch die offene Tür in den Hubschrauber und folgte dem Verletzten.

Die Leiter fuhr erneut aus.

»Jetzt Sie!«, sagte Tucker zu der Frau.

Sie war auf der Leiter, kaum dass sich die Sprossen vor ihre Füße gesenkt hatten, und sie wartete auch nicht ab, bis die Leiter eingezogen wurde. Sie kletterte von Sprosse zu Sprosse und war in kürzester Zeit an der Hubschraubertür. Was würde Norton denken? fragte sich Tucker. Würde ihr unerwartetes Auftauchen ihn in Verlegenheit bringen? Tucker stellte mit Erleichterung fest, dass die Leiter schnell wieder heruntergelassen wurde, nachdem Loraine in der Kabine verschwunden war.

Der Hubschrauber wippte auf und ab, hielt sich jedoch ziemlich genau über derselben Stelle.

»Was ist mit den Koffern?«, schrie Shirillo.

Tucker drehte sich zu ihm um. »Gib die Thompson her! Du bringst die Koffer einzeln hinauf!«

Shirillo gab ihm die Waffe, nahm den kleinsten Koffer, stieg auf die Leiter und ließ sich hochziehen. Harris, der oben auf ihn wartete, nahm ihm den Koffer aus der Hand. Shirillo kam wieder herunter.

Ein Gewehrschuss krachte von unten herauf, die scharfe Explosion wurde zwar von dem Gedröhn der Rotoren gedämpft, war aber unüberhörbar und – schreckerregend.

Tucker tastete sich vorsichtig die Dachschräge hinunter, bis er den Schützen unten auf dem Rasen sehen konnte. Er nahm die Maschinenpistole zwischen die Knie – die Schwäche war jetzt noch größer als zuvor, vor seinen Augen verschwamm alles, sodass er nicht sorgfältig zielen konnte. Er biss die Zähne zusammen und schickte einen Kugelhagel in den Hof hinab.

Die Kugeln prasselten wie schwere Regentropfen auf den Rasen und pflügten ihn um, der Mann mit dem Gewehr lief davon und warf sich Deckung suchend hinter einen Blumenkübel aus Beton, der in etwa hundert Yards Entfernung vom Haus stand.

Tucker drehte sich zu Shirillo um, sah, dass er gerade mit dem zweiten Koffer an der Hand auf die Leiter stieg.

»Los! Mach zu!«

Shirillo hatte keine Möglichkeit, das Tempo der Leiter zu beeinflussen, ebenso wenig konnte er mit dem Koffer an der Hand selbst hochklettern, doch Tucker konnte die Aufforderung nicht unterdrücken. Seine ruhige Fassade begann zusammenzubrechen, die sorgsam aufrechterhaltene Gelassenheit zerrann. Es war ein verdammt schwieriges Unternehmen gewesen; sollte es jetzt etwa noch schief gehen, nur weil einer von Baglios Gorillas mit seinem Gewehr darauf aus war, den Boss mit seiner Heldentat zu beeindrucken?

Der Mann hinter dem Betonkübel richtete sich auf, zielte und gab einen Schuss auf Tucker ab.

Das Geschoss schlug rechts von Tuckers Füßen in die Schindeln, dass einzelne kleine Stücke aufspritzten.

Mit einem erneuten Feuerstoß aus seiner MP zerfetzte Tucker den Betonkübel.

Shirillo nahm den dritten Koffer und ließ sich erneut emporhieven; er zuckte zusammen, als der Mann hinter dem Kübel ihn mit einem Schuss in den Oberschenkel erwischte.

Verdammtes Schwein, dachte Tucker. Seine Müdigkeit und Erschöpfung schlugen in Wut und Hass um, Gefühle, die ihn zu schnellentschlossener Reaktion anstachelten. Er drückte auf den Abzug seiner Maschinenpistole und sah zu seiner Erleichterung, dass der Heckenschütze mit Riesensätzen versuchte, aus der Schusslinie zu kommen.

Der Mann ließ sein Gewehr fallen und kümmerte sich nicht mehr darum; im Zickzack lief er Schutz suchend auf das Unterholz zu.

Du blöder Hund, dachte Tucker. Ich hätte dich umbringen können. Was hätte dir die Sache dann eingebracht?

Alle schienen es eilig zu haben, zu sterben, als ob sie es nicht erwarten könnten – der Mann da unten zum Beispiel und der, den er zu Anfang auf der Terrasse angeschossen hatte. Und Baglio, der eher bereit war, sich prügeln zu lassen, als zu verraten, wo er Bachman versteckt hielt. Natürlich, bei diesem Geschäft riskierte man Blut und Leben, weil man mit gefährlichen Männern und unter gefährlichen Umständen arbeitete. Aber jedes Risiko sollte sich im vernünftigen Rahmen halten, die Aussicht auf Erfolg müsste stets größer sein als die Aussicht auf ein Fiasko. Alles andere war Dummheit.

»He!«, rief Shirillo aus dem Hubschrauber und riss Tucker aus seinen Träumen. Er hatte den letzten Koffer verladen und war selbst eingestiegen.

Tucker schnallte die Thompson an seiner Brust fest und stand auf, wäre um ein Haar abgestürzt und mit ihm der ganze schöne Erfolg, aber er griff verzweifelt nach der Seilleiter und zuckte zusammen, als die Hebevorrichtung zu arbeiten begann und ihn dem schwebenden Hubschrauber entgegenhob.

Einsatz von Blut und Leben: Er hatte gewagt und gewonnen.

Harris lehnte sich durch die offene Tür hinaus und reichte ihm grinsend die Hand. »Wir warten schon auf dich«, sagte er und zog Tucker in die Maschine hinein.

Tucker fiel auf, dass er nicht ›Freund‹ gesagt hatte.

24

Dr. Walter Andrion war ein großer, schlanker, weißhaariger Mann, der nur Maßanzüge und Fünfzig-Dollar-Hemden trug, einen neuen Cadillac fuhr und in den flottesten Gesellschaftskreisen verkehrte. Er war verheiratet mit Evanne Andrion, einer schwarzhaarigen, blauäugigen, dreißig Jahre jüngeren Frau mit unglaublich teurem Geschmack. Als er den Anruf erhielt, ließ er alles stehen und liegen und kam sofort zum Flugplatz hinaus – sogar mit zwei Arztkoffern statt einem, denn er wußte aus Erfahrung, dass man nie genug vorbereitet sein konnte. Zumal wenn der Fall etwas außerhalb des Bereichs der Schulmedizin lag.

Er arbeitete schnell und sauber, schnitt die Wunden aus, spülte Blutkrusten und Schmutz fort, nähte und flickte die Männer zusammen, dass es kein Krankenhaus hätte besser machen können. Er sprach kein Wort, und auch die anderen hielten den Mund, während er arbeitete. Er hatte Tucker schon vor drei Jahren unmissverständlich klar gemacht, dass er über den Ursprung der Verletzungen nichts, aber auch gar nichts zu hören wünsche und dass ihm sehr daran gelegen sei, diese Sitzungen so rasch wie möglich zu beenden. Als er fertig war, bestand er darauf, Merle Bachman für ein paar Wochen mit in seine Privatklinik zu nehmen, wo er ihn durch eine Kiefer- und Gesichtsplastik wieder zusammenflicken könne. Er nahm zweitausend Dollar in Fünfzigern und Hundertern von Tucker, steckte sie in seine ohnehin schon prallgefüllte Brieftasche, half Bachman beim Einsteigen in den Cadillac und fuhr ab.

»Das Arzthonorar bestreiten wir aus den Koffern«, sagte Tucker. »Und zwar, bevor wir ans Teilen gehen.«

Damit war jeder einverstanden bis auf Loraine, die sich dann aber ohne lange Widerrede fügte.

In Abwesenheit von Simonsen – Nortons Partner im Luftfrachtgeschäft – öffneten sie die drei Koffer in Nortons Büro und zählten das Geld. Es waren insgesamt 341 890 Dollar. Nach Abzug der Arztrechnungen, die sich am Ende auf über viertausend Dollar belaufen würden, verblieben 335 000 Dollar, die es aufzuteilen galt.

Nicht schlecht.

Loraine betrachtete naserümpfend ihren Anteil von 67 000 Dollar: »Ich hätte es auf mehr geschätzt.«

»Es wird schon reichen«, meinte Tucker.

»Aber nicht lange.«

»Ein Mädchen mit Ihren Talenten? Binnen Jahresfrist werden Sie ein Vermögen daraus gemacht haben.«

»Hat jemand was zum Einpacken?«, fragte sie.

»Genügt eine Papiertüte?«, erkundigte sich Norton.

Sie nahm die angebotene braune Papiertüte und verstaute ihr Geld darin, ohne auf Tuckers Bemerkung einzugehen.

Harris sagte: »Ich möchte wissen, was Sie nun machen werden, welche Pläne Sie haben.«

»Das ist meine Sache«, entgegnete sie.

»Das geht uns alle an«, sagte Harris.

Sie sah in die Runde, sah, dass alle Augen auf sie gerichtet waren, und sagte mit entschlossener Miene: »Werde ich von jedem von Ihnen erfahren, was er zu tun beabsichtigt, wenn wir uns getrennt haben?«

»Natürlich nicht«, antwortete Harris. »Sie sind schließlich der Eindringling. Wir müssen wissen, woran wir mit Ihnen sind.«

Paul Norton saß hinter seinem schäbigen Schreibtisch, den Stuhl nach hinten gekippt, und trank eine Flasche Bier. Er hatte sich bisher ziemlich im Hintergrund gehalten. Jetzt sagte er: »Sie könnten eine Weile hier bei mir bleiben, Miss.«

Sie sah ihn mit undurchdringlichem Gesicht und kalten Augen an. »Ich kenne Sie ja nicht einmal.«

Norton schoss die Röte ins Gesicht, sodass die Narben an den Wangen noch weißer hervortraten. »Mein Angebot war an keinerlei Bedingungen gebunden, falls Sie das meinen. Ich habe eine hübsche Wohnung hier auf dem Flugplatz, mit zwei Schlafzimmern, und das Gästezimmer hat ein privates Bad. Sie brauchten mich tagelang gar nicht zu Gesicht zu bekommen, wenn Sie es nicht wollten.«

Tucker warf ein: »Ich dachte, Sie wollten mit meinen Geschäften oder den Leuten, mit denen ich arbeite, nichts zu tun haben.«

»Will ich auch nicht«, sagte Norton, beide Hände abwehrend von sich streckend. »Ich will davon nichts hören, und ich würde sie vor die Tür setzen, sobald sie geschwätzig würde. Ich will ihr nur helfen, weiter nichts.«

Sie sah Norton durchdringend an, offensichtlich nicht gewillt, sein Angebot anzunehmen, dann war es, als ob sie die Schüchternheit hinter der zur Schau getragenen harten Fassade erkannte. Vielleicht wollte der Mann ihr wirklich nur helfen.

»Okay«, sagte sie. »Ich nehme dankend an. Ich muss sowieso für eine Weile untertauchen und nachdenken.«

»Damit ist meine Frage aber noch immer nicht beantwortet«, verlangte Harris ungeduldig. »Was werden Sie machen, wenn Sie von hier fortgehen?«

Die Frau drehte sich mit zornrotem Gesicht zu ihm um, aber ehe sie etwas entgegnen konnte, sagte Norton: »Ich glaube, Mr. Harris, bis dahin haben wir noch viel Zeit, finden Sie nicht? Sie braucht eben Zeit, sich alles gründlich zu überlegen. Das lässt sich nicht übers Knie brechen.«

Pete erkannte mit einem Blick, dass Norton keinen Widerspruch mehr duldete. Er wandte sich achselzuckend ab.

»Sie kann mir gestohlen bleiben«, sagte er. »Ich werde mich mit meinem Anteil in ein kleines Geschäft einkaufen und mich zur Ruhe setzen. Was kümmert es mich, was sie tut?«

Er drehte sich um und stapfte aus dem Büro.

Es war Donnerstag, 17 Uhr 29.

25

Um 21 Uhr 04 desselben Abends betrat Tucker, den Arm in der Schlinge und einen kleinen, billigen Koffer in der Hand, seine Wohnung im zehnten Stock eines Park-Avenue-Gebäudes.

Er war noch immer etwas benommen von den schmerzlindernden Mitteln. Er trug einen neuen, nicht ganz auf Maß sitzenden schwarzen Anzug, ein neues Hemd, neue Krawatte, neue Schuhe. Er fühlte sich den Umständen entsprechend gut.

Er ging ohne Umschweife zu dem Wandschrank, öffnete den darin befindlichen kleinen Wandsafe und warf seine Tucker-Papiere hinein. Seine echten Papiere steckte er in die Jackentasche. Dann öffnete er den billigen Koffer und deponierte die stattlichen Geldbündel im Safe. Er schloss den Safe, wirbelte das Kombinationsschloss herum, machte den Koffer zu und schob ihn aufs Gepäckregal.

Im Flur blieb er einen Moment vor seinem Edo-Schild stehen und strich mit den Fingern über das Kupfer, den Silberrand, die handgeschnitzten Elfenbeinintarsien. Die Kühle des Materials und die zackigen Ränder an den Bruchstellen beruhigten ihn.

Im Schlafzimmer fand er Elise. Sie saß im Bett vor dem Fernsehgerät. Sie trug, wie fast immer, ihren alten Bademantel und sah bezaubernd aus.

»Hat es mit den Glocken geklappt?«, fragte sie.

»Ich habe dem Verkäufer einen Preis gemacht, mit dem er zufrieden sein kann, und der Käufer fand meinen Preis akzeptabel. Aber es war nicht leicht. Wie war es mit deinem Pickle-Spot bei Plunket?«

»Prächtig«, sagte sie. »Ich bin anscheinend für so etwas wahnsinnig talentiert.« Und dann, als er das Jackett von seinem Arm schüttelte: »Was ist das? Was hast du mit deinem Arm gemacht?«

Er hatte sich die Geschichte, die er ihr erzählen wollte, schon zurechtgelegt. »Eine Schußverletzung«, sagte er. Als sie aufspringen wollte, winkte er mit einer Handbewegung ab. »Mach mich nicht gleich zum Invaliden. Es ist nur eine Fleischwunde.«

»Aber wie ist es passiert? Und warum?«

»Es war ein ganz simpler, typisch amerikanischer Raubüberfall auf der Straße, auf dem Weg ins Hotel.«

»Ein Raubüberfall? In *Denver?*«

»Was ist so merkwürdig an einem Raubüberfall in Denver? Wir leben in einer gefährlichen Zeit, mein Schatz. Die Welt ist voll von gefährlichen Typen.«